歷代全集叢刊/張印棟主編

歐陽文忠公全集十八種附一種

（第十二册）

（宋）歐陽修 撰

河南人民出版社

書簡卷第六　　歐陽文忠公集一百四十九

與梅聖俞　明道元年

某再拜聖俞二哥：昨日賢弟至，辱寄書并前所寄二書及夢中詩，又五百言詩，頻於學士處見手迹，每一覩之，便如相對。别後雖尹氏弟兄、王三並至，然幕中事比聖俞在此時差多，蓋東都興造日有須求，倉卒供辦，未嘗暫休息。職此未始得從容聚首，獨游嵩事一勝爾。然而歷覽中春之遊山水之狀，皆如故，獨昔之青林翠壑，今爲槁葉，又目前不見聖俞，回憶當時之事，未一歲間，再至尋見前迹，已若夢中。又河陽咫尺顧足下若萬千里又曩日恨不得同者尹十二王三今又俱遊而聖俞獨不至人生不一歲參差遂如此因思百年中升沈生死離合異同不知後會復幾人得同不得同也自足下去後未嘗作詩前枉製未及和尹十二去應能盡説此中事故略不論知與師魯相見少酒爲歡值無酒寄去柰何漸寒千萬自愛不宣某白

又 明道元年

某啓欒簡再至兩承示諭八老之名誠一時美事然某本以寒鄉下流後進初學諸君子不知其駑下業

已致之交遊一旦坐評賢否欲求純雅沉實之名終不可得而乃特以輕儁裁之是知善譽者不能美無鹽矣子之評人正如是矣夫大雅之稱老成人重於典刑而仲尼謂三十而立某年二十有六尚未能立敢當老耶又今日不在會中自可削也夫人之美惡待其自然之譽乃見其實令縱求而得之是諸君待我素淺可知也所以孜孜不能默受者諸君當世名流爲人所重一言之出取信將來使後世知諸君子以輕逸名我復自苦求方以美稱借之益重其之不可也削之益便某再拜七老

又同前

某啓捧來簡釋所以名老之義甚詳某常仰希雋游所望正在規益豈敢求辯博文才之過美哉前承以逸名之自量素行少岸檢直欲使當此稱然伏内思平日脱冠散髮傲卧笑談乃是交情已照外遺形骸而然爾諸君便以輕逸待我故不能無言今若以才辯不窘爲逸又不足以當之也師魯之辯亦仲尼孟子之功也子聰之俊詩所謂譽髦之士乎公慥之慧亦大雅之明哲幾道之循有顔子之中庸堯夫之晦子野之默得易之君子晦明語默之道聖俞之懿是

尤爲全德之稱矣必欲不遺達字敢不聞命然宜盡焚往來問答之簡使後之人以諸君自以達名我而非苦求而得也

又 明道元年

某啓承惠詩并序開闔數四紙弊墨渝不能釋手緣文尋意益究益深清池茂林俯仰觴詠它腸蘊此欲寫未能聖俞所得文出人外昔之山陽竹林以高標自遇椎今較古何下彼哉但恐荒淫不及而文雅過之也公操諸君詩未至今當以盛作遍呈因督之爾

又 明道二年

某頓首再拜初四日陳秀才來自河橋喜聆動静歲暮慘慄優況清佳甚慰甚慰又知府公已發薦章聖俞在洛時常言親老南方思一歸侍今應獲素志亦朋友之共榮也然作宰江浙山水秀麗益爲康樂詩助誰與敵哉某自奉别以來未甞作詩亦無文酒之會所謂三日不談道德則舌本强也初六日有少吏事至彭婆約子聰應之宿香山獨恨不得與聖俞同爾逢彦國行聊寓此草草

又同前

某頓首再拜聖俞足下去月王侍禁者送及所惠書

販傘船至又得書并鮑魚及問傘客知動靜備詳甚慰甚慰僕來京師已及歲矣未與足下别時每相見惟道無憀賴憶洛中時以爲感況爾南北一畀雖鬱鬱復誰道邪年来但不病爾往在臨清恨無舊歡令思臨清又不可得事事漸不如初人生秖爾大可歎也足下素善南方今居之樂否比比得書甚略不能究所懷訝久不作詩亦疑清興頓損也京師侍親窘衣食欲飲酒錢不可得悶甚時與師魯一高論爾子漸在此每相見欲酤酒飲亦不可得拔勘者非好官但士子得之假以營進爾余既與世踈闊人所能爲

皆不能正賴閑曠以自適若爾奚所適哉販傘者回來索書聊寫區區捨足下欲語誰邪臨紙徘徊不免忉忉

又 景祐五年

某頓首啓去歲西陵曾拜狀今春量移此邑得子聰書知已在京尋得所示書伏承榮改京秩伏惟慶慰聖俞久滯州縣今而泰矣下交忻慰何可勝言脩昨在夷陵郡將故人幕席皆前名縣有江山之勝雖在天涯聊可自樂此邑雖便於飲食醫藥然官屬無雅士軍牧虛曹此況不言可知也所幸老幼無病恙而

已不知聖俞美任何處因拘之迹相見未涯思渴思
渴自拜別將五歲矣友益日踈俗狀日增篇詠之興
略無清思聖俞新作雖京師多事不惜録示以開昏
鈍而慰相思故人之惠莫越於此也至禱至禱賢弟
云亡必深痛悲前得謝丈書已知之不勝歎悼也因
人行速聊拜此冬寒希保愛不宣某頓首有亂道
一兩首在謝丈處為無人寫録得也聖俞略與臧否
之某有少吏事告謝丈望聖俞與咨啓之略語伊法
官必為庇隱某自作令每日區區不敢似西都時放
縱此來事亦得正但為上官見怒曲有駮議然亦終

無可駁縱有亦非大罰其如危辱之跡不欲使有小過也或聖俞問得謝丈一言乞批數字送與附書人也千萬千萬某又上

又 寶元二年

某頓首啓前者見邸報有襄城之命乃知當與謝公偕行然竊料舊尹當徙蜀聖俞即留領縣事襄城居孔道音信自此可日置郵是以慢然未能作書及縣走接太守還得手書乃知前至南陽南陽去邑其間一驛爾某當請見直以公新下車方布條教伸威信門生故人未宜往累於其間須其旬浹少定爾又恐

聖俞莫能久留或略命駕見過此大幸也爲别五六歲貶徙三年水陸走一萬二千里乃於此處得見故人所以不避百餘里勞君子而坐邀也顒俟顒俟相見旦夕爾他不復道

又同前

某啓承九月一日就道雖爲遲留然清風白牛久雨泥淖尤須大晴然後不阻其自解官觸事不快至今幾五十日未能脫去豈其屯蹇未極邪所幸親老漸安更三五日可以卜行南陽之居依賢主人實佳事但恨聖俞不在爾昨夏中雖喜會於清風然猶未盡

區區之懷，今茲寓居，方欲悉屏他事，爲聖俞極數日之歡，而先後參差，若相避然。又見聖俞書中言有事欲相見，以不克爲恨者，益令人怏怏爾。到官必有日，南陽人便，無惜寄音一作意相及。秋寒自愛。

又 同前

某頓首。前遣公幹馳信迎候，蓋初約然，亦頗疑酷暑如此，非乘興之時。人還得書，果爾。及急足至，又沐榮問，承暑中起居無恙，甚慰甚慰。前累承新作，今者書尾有自厭之說，豈可疾淫哇而欲廢置律呂？百花洲唱和必多，欲一讀以祛俗累之心，何可得也。孫書注

說日夕渴見已經奏御敢借示否蒙索亂道恰來盡
呵呵講席所説何書因信乞示及晝寢之樂當輸閑
者聖俞不得獨擅也謝氏詩昨忘附去今又却尋不
見候見納去矣旱熱可畏千萬保重

又同前

某頓首啓谷正來得所示書及見與謝家書甚詳云
買洪氏莊與卜葬市屋業皆其所急者也又云減俸
爲助此特聖俞患於力弱不能厚報知已而然爾恐
於謝氏無益而於聖俞有損爾聖俞若此月減三五
千如失萬錢謝氏族大費多得之未覺甚助謝家亦

自有書必言幸思之也洪氏莊極佳爾不須聖俞竭囊橐此固親朋好事然幸其可以自辦爾望聖俞力爲幹之某行必爲帶錢去葬地已就此營卜及市屋業差有緒然此不可倉卒爾他細故盡諭谷正可詢之鄧氏醵賻已止皆如雅意某年盡必到襄城祭文挽辭極佳冬冷保重

又 康定元年

某頓首拜啓自八月一日至京師及今已兩辱書并在東都凡三辱詩皆未還答非惟恃聖俞不以書之疏數爲親踈又以將遣專人而多事未能便遣故

也前知為水災所苦此常事不足置胷中親老求官南方此理當然安撫見辟不行非惟奉親避嫌而已從軍常事何害奉親朋黨蓋當世俗見指吾徒寧有黨耶直以見召掌牋奏遂不去矣文雅處家事方於薛氏求一屋為貯之勿慮也某於此幸老幼無恙但尤貧不可住京師非久亦却求外補日旦一作夕相識多忙不暇作詩足下必不憚見寄閑吟者皆録示千萬冬冷保重

又同前

某頓首啓前謝監簿行附書問差遣書去後兩日知

審官擬定湖州城中監税不勝喜慰然不即走書專報者意謂勑下自當知及弓手至得書尚云云始怪何處稽留至今未到然今必至矣不爾當爲督也俟春入京尤便但不知何處少留其自還館日夕忽忽筆研非答書簡寫門刺未嘗視昨夕子履偶來會宿聯句數十韻奉寄且以爲謔又有前奉答長句併録附去可笑可笑歲陽以来風日慘然土霧雜下氣候不常萬萬自重

又 慶曆四年

某頓首累辱書爲慰何已然久不致問者勞逸不同

於理宜然諒不爲罪經城楊寀來備詢動止承久困
輦下何時可赴任所示盛編云已了甚於飢渴也此
人回望一信容專令人去取使人致來恐麋費銘文不煩見
督不久納上秖爲須索要好者恐未盡爾呵呵昨在
真定有詩七八首今録去班門弄斧可笑可笑然相
別久無以爲娱爾前有水谷詩見祁公云子美祕不
令人見畏時譏謗吾徒廓然以文義爲交豈避此輩
子美豪邁何乃如此世塗萬態善惡由己所謂禍福
有非人力而致者一一畏避怎生過日月也其它非
面不盡近書見教審聽敢不佩服咫尺更有所聞不

惜一一示及有酒少人致去柰何柰何夏熱千萬保重

又　慶曆六年

䘮頓首貶所僻遠特煩遣人至此并得陳留書新集詩見寄詩見和詩外雜詩一卷碑文數本千字文等豈勝慰喜瑯琊泉石篆詩紙條子美詩來已招子美自來書而刻之遊山六詠等即欲更立一石不惜早見寄也詩序謹如命附去蓋述大手作者之美難爲言不知稱意否其他事谷正在此數日備見所爲可知居此之況不煩述也閉户飽齏之句怎生諱得呵

呵相次奉和見寄詩別拜狀次春暖千萬保重

又慶曆七年

某又啓去年夏中因飲滁水甚甘問之有一土泉在城東百步許遂往訪之乃一山谷中山勢一面高峯三面竹嶺回抱泉上舊有佳木一二十株乃天生一好景也遂引其泉爲石池甚清甘作亭其上號豐樂亭亦宏麗又於州東五里許菱溪上有二怪石乃馮延魯家舊物因移在亭前廣陵韓公聞之以細芍藥十株見遺亦植於其側其他花竹不可勝紀山下一徑穿入竹篠蒙密中豁然路盡遂得幽谷{泉/谷}銘已作

一記未曾刻石亦有詩託王仲儀寄去不知達否告

乞一篇留亭中因便望示及千萬千萬

又慶曆七年

某頓首谷僕來捧書得詢動静又見詩中所道有相

遊從唱和之樂備詳平日幕中所爲可勝慰也某此

愈久愈樂不獨爲學之外有山水琴酒之適而已小

邦爲政期年粗有所成固知古人不忽小官有以也

示及飲酒今春來頗覺風壅亦不能劇飲如往時自然

作主人從已便承見戒多荷多荷他事非獨不挂口亦不

關心固無淺深可示人也某毋老多病而身纔過四

十頓爾心閑出處君子大節有所未果不敢効俗夫
妄言爾爾春暄千萬保重

又 慶曆六年

某頓首啓自谷正去後更不嘗上狀蓋以經夏大暑
秋來或聞移南京或去來與刁氏成親一向因循遂
成疎懶然中間却得聖俞所寄六詠及桐花啼鳥等
詩近又得刁十六所寄詩書即日必已還許冬冷尊
候萬福其居此久日漸有趣郡齋静如僧舍讀書倦
即飲射酒味甲於淮南而州僚亦雅親老一二年多
病今歲夏秋以來安樂飲食充悦省自洛陽别後始

有今日之樂詩頗多不能一一録去未相見間惟冀保愛多時欲作書無便今託提刑趙學士謹附此不宣

又慶曆初

某啓爲親老久疾乍進乍退醫工不可用日夕憂迫不知所爲蓋京師近上醫官皆有職局不可請他兼亦傲然請他不得近下者又不知誰可用親疾如此無醫人下藥爲人子何以爲心京師相知少不敢託他告吾兄與問當看有不繫官醫人或秀才處士之類善醫者得一人垂報待差人賫書帛去請他幸爲

博訪之聖俞聞此必挂意更不奉禱也如有所得亦速遣此人回其他不暇忉忉

又

某啓近君謨學士行曾奉狀尋得邸報承有出身之命士大夫公議未厭皆爲聖俞嗟惋獨其不然未知高明自以爲如何也聖俞卓卓於後世者不以名位爲輕重取重於今世者亦豈以此小得失哉苟以寵辱爲意則布衣之樂有優於華衮之憂畏也老兄應能自達不忉忉也已寒保愛

又 皇祐五年

某啓見謝亶言新生小息不安甚撓懷然書中不言難以爲信聖俞居京師宜其不樂然業已至此當少安之某哀苦殊無生理閑中静思處世無有好處惟當識者自遣之爾云欲来此深荷厚意然恐差遣理當難得遂止爲佳已熟慎疾寬中爲禱

又皇祐五年

某啓徐先輩人至辱書果承有小嬰之念時暑益當自寬爾某孤苦中中外多事偷閑便思一得故人爲會某不可往聖俞不可来柰何柰何惟當一讀新篇若會面而聖俞惜不寄又將柰何柰何陳碑不可增

矣斯人不曉文義有三兩處是行狀所無出米修路等意若果有當書何故而略切丁寧喻之此輩不向道亦終不知近併作書此不一一某再拜 四月十九日 賜茶賜醫常事爾謚前面官銜中已有贈官亦然散侍郎作相不足爲榮但問人如何爾若材堪則自胥靡亦作相如不堪則乃是僥倖但如是向道無妨

又 同前

某啓謀葬事未得恐遂後時日極撓悶蓋以術者太精自家又全不會秖信他人道不好便疑惑不敢使非效俗流求吉地圖官國山高也夏侍中父葬于虞

契丹必不與你擇官國山地葬也閑中不曾作文字秖整頓了五代史成七十四卷不敢多令人知深思吾兄一看如何可得極有義類須要好人商量此書不可使俗人見不可使好人不見柰何柰何失音可救曾記得一方秖用新好槐花尋常市中買來染物者於新瓦上慢火炒令熟置懷袖中隨行隨坐卧譬如閑送一二粒置口中咀嚼咽之使喉中常有氣味久之聲自通病愈新篇章多爲寄此小簡立焚勿漏史成之語惟道意於君謨同此也失音脚氣皆是下虛吾徒老矣省些斟酌斟酌其此居哀獨宿然以憂惱亦自多

病恐知

又　皇祐五年

某頓首聖俞博士兄徐無黨人回奉狀陰雪不止體氣若何某爲近得君貺家書報薛家夫人不安老妻日夕憂撓尊年久患誠亦可憂但薛宅書來止去無大段疾苦奉煩吾兄因見公期爲與問一的信因便相報吾兄書家人不見略要知其增減又爲妻子要去歸省其母亦欲過中祥遣他去貴先知彼中遠近爾某自要知謝氏有人還幸批數字逼節哀苦中立偶人行草此

又 皇祐五年

某啓近謝秀才人行嘗奉狀日來起居清勝某衰苦如昨私門日益多事又爲妻母近病須令家人一往省之前嘗奉託詢問久候來報也近爲子美編成文集十五卷凡述作中人可及著已削去之留其警絶者尚得數百篇後世視之爲如何人也朋友之間可以爲慰爾某益衰病廢事不耐煩惟常守書册危坐爾聖俞數許新詩不見寄似近日頗以爲難何也因兒子輩行奉此春（一作已）暄保重

又 同前

某啓寄惠鴨脚子甚奇趙三書信已領聖俞詩屢見許甚渴見何必自寫小兒輩可録某亦厭書字因思學書各有分限殆天之禀賦有人力不可彊者往年學弓箭鋭意三四年不成遂止後又見君謨言學書最樂又鋭意爲之寫來寫去却轉不如舊日似逆風行船著盡氣力秪在舊處不能少進力竭心勸遂已身老矣安能自苦如此耶乃知古今好筆一作書蹟真可貴重也今後秪看他人書亦可爲樂不能生受得也數日陰悶昏然因作聖俞書頓覺豁然如有所釋若遂一握手可勝爲慰也謝景平文字下筆便佳他

日當有立於世何止取一科第而已吾徒可爲希深喜也胥太祝且爲伸意其卜葬地尚未買得相次決定當有書報他也忽忽不宣

又皇祐五年

某啓前日謝氏人還辱書承尊候已復康佳新正必倍清勝某孤苦如昨爲有二小姪一在象州久不得信一在袁州欲乞渠来頼以辦葬今劄其官位姓名託與問一消息恐難得便但却因謝氏人見示可也吾兄清（情一作）懷不樂俗事某寡相識煩聒甚悚甚悚

又皇祐五年

某啓忽忽度日無生意衙前行曾奉狀徐生人至辱
書承春寒尊體清勝爲慰無已某哀苦中尋得葬地
欲赴八月十月襄事但葬事少人辦集小姪煩爲問
當已有削必得請師魯文字俗本妄傳殊不知昨范
公已爲作序李學編次爲十卷甚有條理學約春末
見過當與之議定别謀鏤本也自春陰寒少晴明病
體不勝疲勞勸於書字不能周悉

又嘉祐三年

某啓動輒旬浹不奉顔采雪寒如此無復清思區區
可知亦怪聖俞未嘗見顧得簡示乃云不登權門若

以此見格何望於老兄其每日晚多在家因出望見過幸甚如晦所欲已起奏難於更奏蔡州亦應須得簿書煩擁走此爲答殘雪可愛能見顧尤望

又 嘉祐二年

某啓大熱甚於湯火之烈兩日差涼粗若有生意然以家人病患飲食不能自給區區煎迫殊亂情悰久不承問不審尊體何似二十二日欲就浴室或定力餞介甫子固望聖俞見顧閑話恐別許人請故先拜聞禮部詩納上

又 嘉祐二年

某啓承惠答蘇軾書甚佳今却納上農具詩不曾見恐是忘却將來今再令去取讀軾書不覺汗出快哉快哉老夫當避路放他出一頭地也可喜可喜罰金未下何害不必居家俟命因出頻見過某居常在家吾徒爲天下所慕如軾所言是也柰何動輒逾月不相見軾所言樂乃某所得深者爾不意後生達斯理也

又同前

某啓以小兒子傷寒已較因勞復發今日錫慶齋會亦去不得愁坐忽得所示爲之豁然憂煎病患常以

爲苦思劝榴花之飲不可得也三兩日兒子安聖俞過不惜頻相訪借馬若脩家又何厭也三十年前事信如前生憂樂不同可歎可歎亦約子固子履當奉白也紙候兒子稍安爾人還謹此

又嘉祐二年

某啓經節伏惟以時納祐昨日早至薛二家空心飲十數杯遂醉歸家却與諸薛飲承見過仍留刺何乃煩老兄如此既醒不遑無以自處也節下外處送酒頗多往時亦有在此每助他爲壽昨紙送王樂道及吾兄爾愚性踈簡人事不能周然意之所至實發於

誠心蒙惠簡云有所答則非也恐不知鄙懷故略自陳述二十二日欲同子履和叔閑話少時先白恐他有所適也

又同前

其啓陰雨累旬不審體氣如何北州人有致達頭魚者素未嘗聞其名蓋海魚也其味差可食謹送少許不足助盤飡聊知異物爾稍晴便當書局奉見

又同前

其啓中前在范家坐中已覺不佳所以都無情緒數日勉強有事相役旣歸遂倒卧以出汗頗多亦利動

臟腑頓覺體虚幸連日不朝免得請告更三兩日不知可出未承問念感愧亦審中酒吾輩年高不獨他事至於飲酒亦不能如故時也更希慎愛

又嘉祐二年

某啓谷正来承惠詩老重深粹不似唄刻間成何其敏妙至此也早来得筆絶佳不圖若此之精其精如此豈常有邪然久無稱手者乍得甚快意多感多感暑中絶近文字不得無以度日時因作書簡得一揮毫尚可銷憂爾人還姑此奉謝

又同前

其啓兩日不出方爲杜公作銘承惠詩絶高恐不可繼且留欵曲試和待稍晷霽則將出雨久作柰何天災斯人豈惡之也其亦有以邪昨夜暫止頗縷奔走之計然遑遑何時得遂安居漸涼思奉言笑何可得人還姑此

又同前

其啓自入夏閭巷相傳以謂今秋水當不減去年初以爲訛言今乃信然兩夜家人皆戽水弃廼翁達旦不寐衙衢浩渺出入不得更三數日不止遂復謀逃避之處住京況味其實如此柰何柰何方以爲苦不

意公家亦然且須少忍特承惠問存卹多感多感蔡君謨寄茶来否閑中喜見慰人還忉忉

又 嘉祐四年

某啓適至書局承自釋奠處方歸困倦不敢坐邀忽辱惠教兼得唐子方家行狀謹當牽課然少寛數日爲幸其如行狀中泛言行已殊不列事迹或有記得者幸更得數件則甚善又云有尹師魯所作墓誌亦得一本尤幸也尋常人家送行狀来内有不備處再三去問蓋不避一時忉忉所以垂永久也乞以此意達之

又嘉祐三年

某啓旦夕寒色尤盛衰病者殆不能勝矣不知吾兄尊候如何昨夜再讀和景仁雪詩甚妙兼以韻難如何可和且秖和得歲日書事一篇其元所示遂留之過節更送他處告別寫去也手筆凍縮書字不得韓范二公詩看了示下印卷子何日了因出見過陰寒公事頗少甚閑恐知

又嘉祐三年

某啓累日不奉見不審體氣如何兼以俗事無由奉詣理固當然聖俞遂以權門見薄無乃太僭也前承

惠白兔詩偶尋不見欲別求一本兼爲諸君所作皆以常（一作嫦）娥月宮爲說頗願吾兄以他意別作一篇庶幾高出羣類然非老筆不可亦聞有與如晦一篇甚佳皆乞取蘇大挽辭一首閑寫助一笑今日偶在家謹奉此

又嘉祐四年

某啓前日承見過偶他客多不遂款曲怏晴意體想佳梅公儀來要杭州一亭記述游覽景物非要務閑辭長說已是難工兼以目所不見勉彊而成幸未寄去試爲看過有甚俗惡幸不形迹也程碑當便下手

紙如唐書亦須了爾

又嘉祐二年

某啓雨不止情意沉鬱泥深不能至書局體候想佳某以手指爲苦旦夕來書字甚難恐遂廢其一支豈天苦其勞於筆研而欲息之邪閑中謹白

又嘉祐三年

某啓經節陰雨猶幸且晴不審尊候何似閑作歸田樂四首紙作得二篇後遂無意思欲告聖俞續成之亦一時盛事來日食後早訪及爲望

又同前

某啓承寵惠二篇，欽誦感愧。思之正如雜劇人上名下韻不來，須勾副末接續爾。呵呵。家人見誚：好時節將詩去人家廝攪！不知吾輩用以為樂爾。後日絕早過喫不托。適簡誤云食後，這回不是廳子誤也。

又 嘉祐四年

某啓：自承在式告，兼以假故，多遂阻奉見。秋氣稍涼，喜承體候清安。辱惠建茗，此誠近所難得，特為珎貺也。然莫妨待客否？恐彼闕，當却分納一半也。原甫高論少抑，亦當不復較難。來日朝中當面叙。人還，謹此為謝。某再拜。

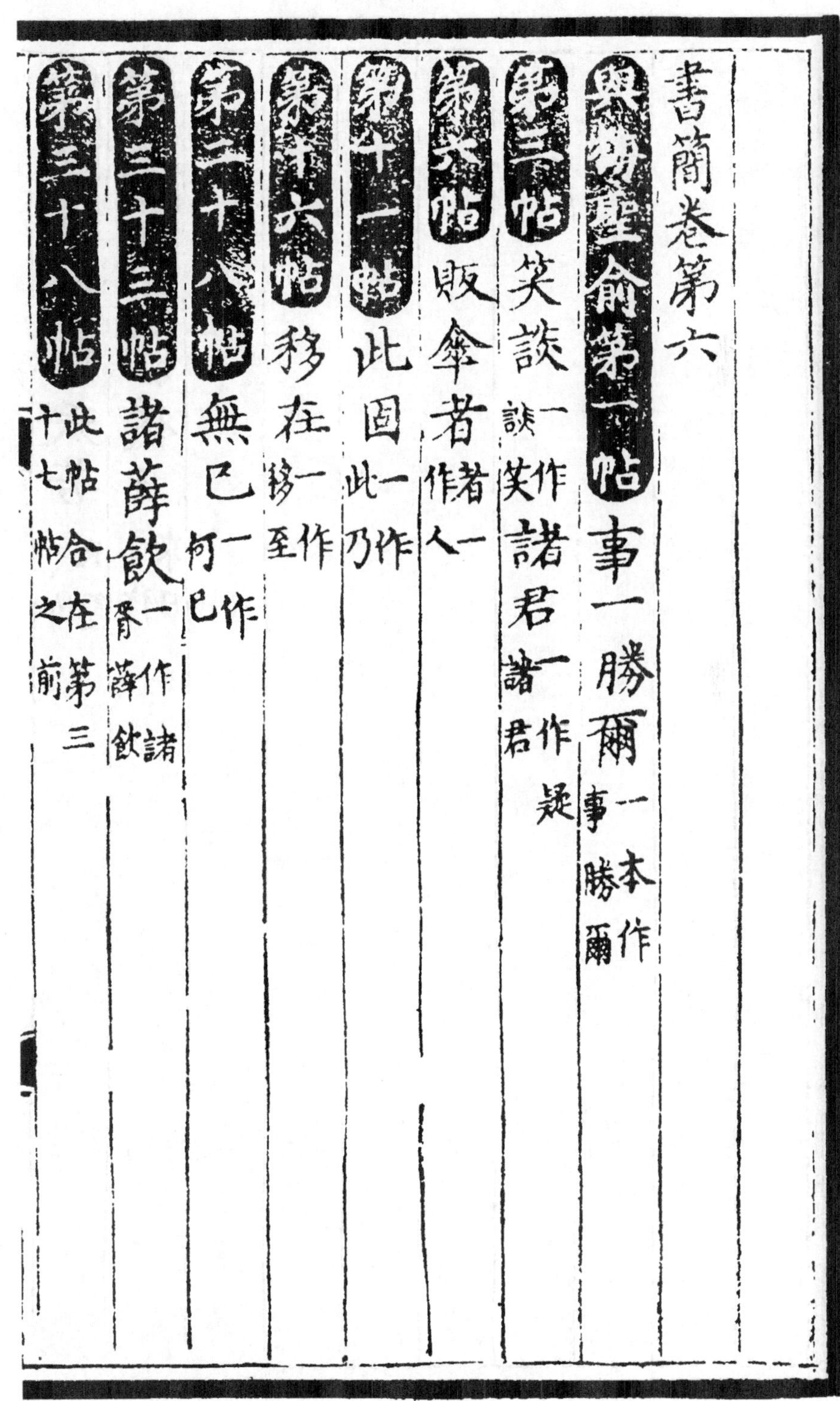

書簡卷第六

與庾亮翼第一帖 事一勝爾一本作事勝爾

第三帖 笑談一作談笑諸君一作諸君疑

第六帖 敗傘者着一作人

第十一帖 此回一作此乃

第十六帖 移在一作移至

第二十八帖 無已一作何已

第三十三帖 諸薛飲一作晉薛飲諸

第三十八帖 此帖合在第三十七帖之前

第四十三帖 天若一作天惡

第四十五帖 後日一作來日

歐陽文忠公集一百五十

書簡卷第七

與謝舍人 絳字希深 寶元元年

某頓首再拜兵部學士三丈人以多故少便不果拜狀春暄尊候萬福省牓至獨遺聖俞豈勝嗟惋任適呂澄可過人耶堪怪聖俞失此虛名雖不害為才士柰何平昔並游之間有以處下者今反得之覩此何由不痛恨欲作一書與胥親及李舍人宋學士論理之又恐自有失誤不欲輕發不爾可故見遺可駭可駭由是而較科場果得士乎登進士第者果可貴乎日日與師魯相對驚歎不已伏承殿試考校今必已

了某替人猶未至，拜見未間，伏惟保重。因人謹附狀，不宣。

又　寶元二年

某頓首百拜知府舍人三丈：三兩日毒暑尤甚，不審尊候何似？某昨走鈴下，久溷賓館，旱暑交作，晏陰方興，當君子定心靜事休息之時，暑夕屢煩長者，其如乘餘閑奉罇俎，泛覽水竹，登臨高明，歡然之適，無異京洛之舊。某小別者，聖俞差老而脩爲窮人，主人腰雖金魚而鬢亦白矣，其清興則皆未減也。臨別之際，感戀何勝。西禪竹林又辱餞送，自夜出南城，凡再宿

始至弊邑私門老幼往往病暑正如所慮此所以眷

眷門下而不候久留者也自鄧至汝陰道出田間由

鄧欣橋而西秋稼甚盛時雨已足問之乃覽秀所望

而脚正在陋邦然鄧州界（一作則）字一莫及也豈驕立之

神（一作邪）憎家雖而愛野雉爭自還縣便苦（一作俗繫）書

書記未能詳悉謹拜此叙謝伏惟幸察不宣從表姪

歐陽脩頓首百拜

與王待制 質子子野 慶曆三年

某頓首再拜還使學士子野兄眷牘伏惟尊候萬福

自去年閏月來東郡以就禄養幸如所欲惟僻陋日

益愚鄙爾在都下時子野兄舟行不克攀别其後送者還頗知留客甚歡而飲酒差多親族皆以素羸奉憂不知其後復飲否子野善自攝猶能絶葷血甘淡薄況於酒邪一别頓爾南北闊於候問惟冀自重以慰區區不宣某頓首

與李賢良覯字泰伯　嘉祐初

某啓兄事牽迫久踈奉長者之論不知兩辱過門甚愧甚愧甚某來日有少事須出即今幸家居可以拂席奉俟軒蓋顒企顒企不然當别拜聞貴不失約也某頓首賢良先生

與曾舍人　鞏字子固　慶曆六年

某啓：雖久不相見，而屢辱書及示新文，甚慰瞻企。今歲科場偶滯遐舉，畜德養志，愈期遠到，此鄙劣之望也。某此幸自如，山州少朋友之遊，日逾昏塞，加之老退，於舊學已爲廢失，而韓子所謂終於小人之歸乎？因風不惜遠垂見教，未良會間，自重自重。

又　治平四年夏

某啓：奉别忽忽，暑候已深，不審動履何似？某昨假道于潁者，本以歸休之計，初未有涯，故須躬往。及至，則弊廬地勢喧静得中，仍不至狹隘，但易故而新，稍增廣之可以自足矣以是功可速就暮年掛冠之約必不愆期也甚幸甚幸昨在潁無所營爲所以少留者蓋避五月上官未能免俗爾亳之佳處人所素稱者往往過實其餘不及陳潁遠甚然俯仰年歲間如傳郵爾初亦不以爲佳蓋自便其近潁爾至此便值酷暑未能多作書相知或有見問者幸略道此意惟慎夏自愛

與蘇編禮洵字明允 嘉祐二年

某啓自足下西歸承有家問忽遽而行時一小子卧病方憂悶中不得相見中間得還蜀後所惠書及今

者賢郎人至得書承尊履休康併以爲慰足下文行
見推於時豈久窮居於遠方者未相會間千萬自愛

又 治平間

某啓承示表本甚佳前所借謚法三卷值公私多事
近方編得披閲文字更不待愚陋稱述第新法増損
今別爲一書則無不可矣成一家之言吾儕喜若已
出爾謚録卷秩既多紙欲借草本

又 治平二年

某啓多日不奉見承遷居不易初聞風氣不和謂小
小爾昨日賢郎學士見過始知尚未康平旦夕来體

中何似更冀調慎藥食無由馳候專奉此

又 治平三年

某啓自以拙疾數日闕於致問不審體中何如必遂平愈孫兆藥多涼古方難用於今更且參以他醫爲善也專此不宣

又 同前

某啓數日來尊候必更痊安單藥得效應且專服千萬精審無求速功不欲頻去咨問恐煩勸也亦不煩答簡或賢郎批數字可矣

與費縣蘇殿丞 皇祐 年

某啓：特承書問，兼惠篆碑。滁陽山泉，誠爲勝絶，而率然之作，文辭意近，乃煩雋筆以傳于遠。旣喜斯亭之不朽，又愧陋文莫掩。感仰之抱，寧復宣陳。專人還，謹此叙謝。舊用龍尾硯一枚，鳳茶一斤，聊表意。

又

某啓：前者辱見顧，觴苦多事，不得少伸欵曲。比奉詔，則承已歸縣矣，但深悵怏也。辱惠書，竊審經春體氣清裕。某衰病疲憊，日自彊勉，未知報効，不敢言勞。咫尺阻闊，惟多愛。

與澠池徐宰無黨 皇祐五年

某啓久不得書自聞省試日望一信人至忽得所示大慰鄙懷兼喜春寒所履無恙程試賦詩極工矣策贍博而辯論偉然皆當在高等人力所可爲者止於如此耳其他有命然俗言運亨者臨事不惑揮翰之際能至此其亦奮發於茲時乎計此書至已在高第故不子細不次脩書白

又　至和元年

某啓真陽相别忽以及茲日月不居大祥奄及攀號擗踊五内分崩不孝罪逆蒼天莫訴哀苦哀苦久不得書日與無逸常想望忽捧來示承在道遭感疾書

今復常又知淮水淺澁雖深欲相見但恐阻滯遂失赴官之期若於事有妨則不若且就汴流西上如淮水可行與汴不爭遠近即兹來爲善賢弟在此寂寞中相伴大幸其秋涼方卜離此南北未知何適五代史非見曾子固議今却重頭改換未有了期仍作注有難傳之處蓋傳本固未可不傳本則下注尤難此須相見可論改服哀苦中忙迫偶奉接人行聊此

又　至和二年

某啓專人至辱書承官下無恙深慰示及誌文甚佳無逸帋又有煩惱可哀適值有人在此誌文當附去

又知且權河南澠池本邑自可讀書爲政何必求來府中所去冬末嘗至京師暫來甚善（一作喜）無欲弟居監中時相見焦秀才亦在太學補監生恐知其祿祿于此士大夫有所論當悉以見告庶卹其不及實有望也未相見多愛

又 同前

某啓人至辱書承官下無恙深慰深慰所云進取之道能具達其如此夫復何患諭及富公言范文正公神道碑事當時在潁已共詳定如此爲允述吕公事於范公見德量包宇宙忠義先國家於吕公事各紀

實則萬世取信非如兩仇相訟各過其實使後世不信以爲偏辭也大抵其子之碑無情之語平畐之誌嫉惡之心勝後世得此二文雖不同以此推之亦不足怪也其官序非差但略爾其後巳自解云居官之次第不書則後人不於此求官次也孝爲一一白畐公如必要换則請他别命人作爾

又嘉祐元年

某啓縣人來得書承寒凝公外體氣無恙深慰深慰所寄近著尤佳論議正宜如此然著撰苟多他日更自精擇少去其繁則峻潔矣然不必勉强勉强簡節

之則不流暢須待自然之至其如常宜在心也代天論既各有篇目不必謂之代天可也某近權省得罷稍閑已有削乞洪井若果得則私便尤多況非要任求之必可得也無欲弟在太學見兒子云甚安某一向多事少暇他亦疎及門恐知銓中新制破考之事稍緩若在本州無妨亦可已新年多愛

又 嘉祐二年

某啓人至辱書承涖官進學無恙甚以爲慰所寄文字大佳然作文之體初欲奔馳久當收節使簡重嚴正或時肆放以自舒勿爲一體則盡善矣某此待罪

誠碌碌然期必有為而自効士大夫見責者深是待我厚而愛之過爾敢不佩服冬寒自愛在致齋處草草

與焦殿丞千之　皇祐五年

某啓自相别無日不奉思急足辱書深所浣慰然聞不遂解名在於俗情豈不快快若足下素所自待與某所以奉待者豈在一得失之間但以科場文字不得專意經術而某亦有人事今足下三數年間且可棄去科場文字而僕亦端居無一事惟於此時可以講訓素所聞未舉者過此恐彼此難得工夫也足下

爲人明果以此思之亮可決然北首深恨閑居無人既不能專遣人去奉招當正初南歸亦不爲久別計但仰首傾望也某於哀苦中奉思諸君子此又不可言已寒多愛

又至和二年

陰雨泥甚不欲頻奉邀蓋知請假甚艱也某恐不久出疆欲且奉託與照管三數小子某来日遂移過高橋宅中俟稍定疊便去般出學恐先要知仍請具此白胡先生知爲妙至時恐要人般挈請示及待令去晚間可出即見過閑話某再拜

又嘉祐元年

某啓知昨日已差試官𢈔事便當牽率稍涼體中佳否近晚或能見過閑話少時恐遂難得暇也麤細米各二斛聊飼僮僕輩必不以輕鮮爲怪有無相通亦鄰里之常事懃仄懃仄

又同前

某啓以數日齋祠今早方歸知曾來取藥體中佳否見解牓張壽秀才已獲薦不知肯且來此過冬否秪恐他要冬課嫌小兒喧聒不然蒙益則多矣某今日在家遲早晚見過閑話少時

又嘉祐元年

某啓今日見解牓尚疑脱漏姓名然初以得失委命而進則臨事自應不動于懷此孟子之勇也適歸家偶早幸略見過閑話某頓首

又同前

某啓數日大熱不審意思如何適令發至羣牧司去已却歸西岡不審何謂此中西位頗寬涼多南風甚可居至於飲食亦可取性固無形迹矣兼時得閑話

請更思之勿以爲疑也謹此咨啓俟報某啓

又同前

其啓見兒子言尊候違和豈非患腹臟邪秋後慎生冷爲佳以數日不相見甚思渴其一出參假便有人事區區加以兩日復熱恐彼中窄狹無事且來書院取涼無形迹也前時奉白鄉有策題彼中收得者幸爲録示或紙撿得本子此中亦有人寫蓋人事易因循也

又嘉祐元年

其數日不承問不審體中如何當漸平和但怪不見過故此奉問凡疾病不欲滯鬱須消息有以散釋其效多於服藥若能出入幸相過要人馬來取至於

藥物亦當商権乃盡其理謹此咨啓某再拜

又同前

某啓稍寒想盍佳裕數日人事忙迫非常前夕至學舍中見狼籍可憎所以未敢便請他張秀才更俟一二日大太祝歸略令灑掃兼疾事有所備縁某多故不能躬視也兩日欲去報此意亦無暇作簡衮衮度日公私不濟一事此京師之態也某奉白

又嘉祐二年

某啓昨日以客多飢疲風眩發作卧不能起承示簡不及時答所言張先輩但怪其登第後絶不相過餘

非所閑也亦欲旦夕召渠相見但以多事忽忽未暇爾今日知聞喜宴来日約其見過也

又嘉祐六年

某啓有無相通蓋爲常理更不存形迹也船不必白省主自遣人問當亦可得蘇氏昆仲連名並中自前未有盛事盛事姚闢詩説請試看有長處簽出示及爲無工夫細看故也

又嘉祐六年

承惠胡公銘慈人美德固樂爲之紀述第以文字傳遠須少儲思蓋尋常意思未及爲人强作多不佳也

自来日已往併無假故直至旬休如所諭行期甚迫當且前之續可附致潤州諒不爲晚也人還謹此白知小兒不安且慎調護大熱難將息也

又同前

某啓自相别後方欲作書遠承不疑學士有來歸之命自後更欲附書則思舟行必已在道無處可附亦以不久相見不必爲書也適得信喜来甚速且承酷熱中體氣清安其他皆可盡於相見也某爲今夏病暑不可勝任又得喘疾遂且在告蓋衰老之態自然如此也略留来人附此草草

又嘉祐六年

某啓自相別更不聞問近得邵學士書云已到家方喜知動靜兼承所履安和實以爲慰其病衰如昨不惟任責愈難常至於勞苦亦筋骸不能支等爲可責惟早自知止猶勝殭顔以貪寵利自計非不熟但恐未得如志遂爲君子之棄而小人之歸爾南方宜多有聞見不惜垂諭猶勝不知也有望有望前者胡公墓表誤書陵州人當問其家爲改正歲晚寒凜以時自愛因人惠問

又嘉祐末

遠爾大熱病軀殊不可當數日不相見體中佳否知已授樂清果如何來日見過家飧卒早枉步乘午前稍涼廢幾可坐也無它客姚秘校劉真贖至此止

又　治平年

其啓范氏子書來并獲所寄書自承赴樂清後方拜此一書審此居官下安和稍釋傾想陋巷之士得以自高於王侯者以道自貴也一從吏事便爲禮法所縄若居人下而欲有設施則世事難如人意更當屈伸取捨要於濟務此非獨小官自古聖賢尚以爲難所以前世一節之士以貧賤爲易守也自臨縣治今

將及朞諒深語此態也某嘗再爲縣令然遂得周達民事兼知官情未必不爲益某愈覺衰殘齒牙搖動飲食艱難食物十常忌八九情懷益蕭索物外浮榮信乎不爲吾儕得失也有名即去矣未相見間公餘慎愛因人時惠問不宣某書白

與王主簿 回字深甫

某啓鄙者深甫在京師則以俗冗不常得相見既去又不時爲信問視其外豈非疎且慢哉然求諸中則不然也人至惠問承奉太夫人萬福下情瞻慰某棄病日增殊無世間意趣近買田潁上思幅巾與二三

君往来田間閒其樂尚可終此餘年爾而其勢未能速去非爲之不果猶須晚獲也深甫以謂如何賢弟昨西略見爾祁寒更乞自愛

又

某啓累日以聖節諸事區區未得祇候大熱不審體氣如何来日見過家殘庶得接清論少時幸早垂訪也專此咨啓不宣某再拜深甫先輩　常君未及作書續得馳問因見爲伸意千萬千萬

又

某啓人至辱示借書並領昨日少奉清論開沃無限

嗽良減否師魯文略讀一二篇令人感涕碑并集録皆納去某又上

與姚編禮闢字子張 皇祐五年

某頓首閑居絶無人使又不欲頻煩郡中借人所以久不作書上杜公然哀苦中無限瞻依也因請見爲多道哀懇希文得美謚雖無墓誌亦可況是富公作必不泯昧脩亦續後爲他作神道碑中懷亦自有千萬端事待要舒寫極不憚作也只是劣性剛褊平生喫人一句言語不得居喪犯禮名教所重況更有纖毫譬如閑事亦常不欲人擬議況此乎然而不失爲

他紀述只是遲着十五箇月爾此文出来任他姧邪謗議近我不得也要得挺然自立徹頭須步步作把道理事任人道過當方得恰好杜公愛賢樂善急欲范公事迹彰著耳因侍坐亦略道其所以但言所以遲作者本要言語無歷準備仇家爭理爾如此須先自執道理也餘事不必云云背碑子極奉煩多荷多荷因見杜贊善託問實録不必封但只憑寄來此中程判官亦爲伸謝將書来後信有書去某再拜

又

某啓專人辱書承守道爲學自如甚善見諭紹巖事

止於如此則又何言君子之言必誠誠久必見凡有諸中未有不形于外者惟當以久見吾子之誠爾禮記雜亂之書能如此指摘其繆其功施後世無窮非止効俗儒著述求一時之名也然其中好語合於聖人者多但當去其泰甚者爾更宜慎重如坊記一篇難破請更思之然遇所見但且論次不惜録示

與王幾道復 景祐元年

某頓首白幾道先輩足下叚氏家人至蒙示書及詩并子聰聖俞書與詩後於東山處又見詩何其勤而周也聖俞得詩大喜自謂黨助漸熾又得一豪者然

微有饑態幾道未嘗爲此詩落意便爾清遠自古善吟者益精益窮何不戒也呵呵問别後事自彦國去後患一腫疽二十餘日不能步履甚苦之時惟聖俞一來相問臨清之歡何可得邪師魯已有召不宜更俟嫁女幾道與彦國宜督以來走明日就試恐要知之惠詩未暇答以此也

答孔嗣宗 字伯紹 河南人 皇祐元年

某啓辱書甚善尹君誌文前所辨釋詳矣某於師魯豈有所惜而待門生親友勤勤然以書之邪幸無他疑也餘俟他時相見可道不欲忉忉於筆墨加察加

察其再拜

又同前

東方學生皆自石守道誘倡此人專以教學爲已任於東諸生有大功與師魯同時人也亦負謗而死若言師魯倡道則當舉天下言之石遂見掩於義可乎若分限方域而言之則不尚故此事難言之也察之

與尹材慶曆八年

墓銘刻石時首尾更不要留官銜題目及撰人書人刻字人等姓名祇依此寫晉以前碑皆不著撰人姓名此古人有深意況久遠自知篆蓋祇著尹師魯墓

四字

與蔡交　皇祐五年

某啓：人至辱書，感尉何已。且承春序履況清休。范公襄事，脩以孤苦哀困中杜門郊外，殊不知端息。情禮都闕，但得淮西寄到誌銘，豈任感涕。文正平生忠義道德之光，見於誌諡，爲信萬世亦足慰也。神刻謹如所諭，敢不盡心。某忝以拙訥獲銘，當世仁賢多矣，如此文復何所讓。但以禮制爲重，亦不遑年歲中貴萬全，無他議也。悉察悉察。述夢後序，更當勘尋史傳續報。然亦當慎。文正所慮至深，某亦疑其有意不用此

倘果如所料矣試期不遠佇奉賀加愛加愛某再拜

答曾舍人 鞏字子固 熙寧四年

某自歸里舍以杜門罕接人事少便奉書中間嘗見運鹽王郎中得問動靜兼承傳誨近又聞曾少遺和急足至辱書喜遂已康裕甚慰甚慰某秋冬來目足粗可勉強第渴淋不少減老年衰病常理不足怪也餘在別紙某白■見諭乞額且止亦佳此時尤宜安靜為得理也惠碑文皆佳多荷多荷常筆百枚表信不罪不罪

又同前

辱示爲人後議筆力椎贍固不待稱賛而引經據古明白詳盡雖使聾盲者得之可以釋然矣父子三綱人道之大學者久廢而不講縉紳士大夫安於習見閭閻俚巷過房養子乞丐異姓之類遂欲諱其父母方羣口諠譁之際雖有正論人不暇聽非著之文章以要於久遠謂難以口舌一日爭也斯文所期者遠而所補者大固不當以示常人皆如來諭也某亦有一二論述未能若斯文之曲盡然亦非有識之士未嘗出也閑居乏人寫録須相見可揚㩁而論也自去年至蔡遂絶不作詩中間惟有答韓邵二公應用之

作不足采惟續思頼十餘篇是青州以前者并傳記皆石本今納上自歸頴它文字亦絶筆不作恐知恐知

青州十餘篇亂道為説道上石彼近必見矣

書簡卷第七

與王特進

子野兄舟行一作承兄舟行攀別一作攀送自攝此下一有治字

與侯殿丞第十一帖

不必白白一作須

與姚編禮第二帖

不惜録示此下一有容細看南議去留之耳為來人督四書不容少頃當續有具白也

[illegible]

與孔嗣宗第一帖

尹君（一作尹公）然以（一作然後）忉忉（一作刀刀）

第二帖

若言（此上一有令字）不苟（一作不可）

書簡卷第八　　歐陽文忠公集一百五十一

與丁學士 寶臣字元珍　皇祐四年

某啓自聞南方寇梗思欲附問凶禍閑居難求的便雖在哀殯翹想之心不可道也元珍學行優深才當遠用遘罹一作此不幸古人多然在處之有道爾古之君子所以異於常人者能安常人之所不能安也所恨某居此際不能奔走耳某衰病無復生理今秋欲扶護歸鄉恐趣葬期不及則且權厝鄉寺俟它年耳忽偶黄莘先輩過云賢兄在舒州因得附此草草不能盡鄙懷當續馳訊也秋熱寬中自愛某再拜

又　嘉祐四年

元珍淹屈于外交游所宜出力旣默無所爲而至於書問亦不能時致其勤其爲慚罪不待言矣某自蒙恩歸院雖稍清閑而忽忽度日公私無所益此處京師者汩汩之常態也幸非甚愚頗知脱此而遠去然事有不得遂去者古人所謂不如意十常八九者殆此類也今歲廷試得人之盛中外共慶况在佳婿此豈非久滯中一可喜事哉今因胡推官行謹奉狀相次陸君行當别布懇

又　嘉祐四年

某向在府中困於煩冗久不奉狀徒用瞻思專人遠
來特辱嘉問承涉夏已來體氣清福深所欣慰元珍
才行並高而困蹇如此吾徒之責也某昨被煩使初
不敢辭然凡案之才素非所長加以早衰多病筋力
不支屢自陳乞蒙恩得解去實出天幸然請外之志
尚未獲素心又以殘史終篇有期夏秋之交可决南
去相見未涯千萬鄙懷臨紙不能悉布惟慎重自愛
以順休復

答郭刑部輔

某啓方欲因兒子行奉狀遞中忽辱書可量欣慰兼

審春寒動履清勝承諭以嵩少之游豈勝跂羡此樂常爲山人處士得之衣冠仕宦比其汲汲得如其志不老則病矣雖有登臨之興勉彊而爲之已不勝其勞也若神完氣鋭惟意所適如公之樂者百無一二人也如某者目固不能遠望足亦不任登高矣可歎可歎相見未涯嚮暖加愛

與朱職方 處約　嘉祐五年

某啓久不奉狀夏熱公外竊惟體履休勝陳詵寺丞佳士也曾在滁州同官今其南歸願拜識幸希留念也屬唐史終篇忙迫作書不謹備恕之方暑慎愛

與蔡省副

某頓首。公私忽忽，久闕致誠。辱教字，承已登舟，遂不復一得叙別，可勝瞻戀。短景日暮，還家客已盈室，寢食殆廢，習以爲常。以此久不奉問，慙罪慙罪。汝陰君子久處疾少間，當來歸，未見。惟寬中自愛，審用藥餌。不盡區區。

與王發運 鼎字寶臣　嘉祐二年

某啓。中春嘗辱惠問，不審涉夏暑毒，體氣如何？某自出貢院，爲羣士諠詬，尋而入夏，京師旱疫，家人類染時氣，區區中復有病患憂煎，以此久不附狀。寶臣治漕南方雖久淹于外，然振綱革弊，公私所賴者不細。比於碌碌于此，無所云補者，所得多矣。某再請洪井，未得，釁（？）釁所懷，期於必得也。未相見間，惟爲時自重。謹於遞中奉此，不宣。某再拜。

又　嘉祐二年

某啓：衰病無悰，難久於此，加以私計，日思南去，未可得者，無他，近時內外制請便例不得從爾。柰何柰何！自之翰有事，故人零落，所存者幾？更復何心追後生於紛華？某將入貢院時，之翰疾已甚，比出，遂不見。遽失斯人，爲恨何勝！與同年相知，尤甚遂及之。愁人愁

人中間承惠金櫻煎近方開而服之其製一作煎得尤精多荷中年衰病太甚世情已去但猶藉藥力且扶旦夕爾遽中不子細

與馬運判導　皇祐二年

某啓久別欣此瞻候陰寒道中尊候休勝河役動衆疲民利害緊公處置之耳他俟握手不能具述因人走此不宣某再拜運判裏行執事　十二月七日

答韓欽聖宗彦　嘉祐二年

某啓昨使舟行日不及攀別深以爲恨人至辱書伏承署事以來當此祁寒體況清福實以爲慰也外補

之樂得之有素伏讀佳作益以起予無用之質衰病颯然造物者畏浮議以見縻柰何柰何歲晚以時自重人還謹奉此爲謝不宣某再拜欽聖提刑學士

十一月二日

辱寵惠佳篇欽誦不已旦夕和得遞中附上新甘奇味珍荷也珍荷也部頭事藝稍進得賢者齒問更增勉勵也呵呵劉守到必還使司當復清淡也嘗説襄陽山水一經真賞果如鄙言否

答李學士 嘉祐八年

某啓自遭罹國卹哀摧殆無以生伏惟感慕攀號何以堪處伏承遠賜存慰豈勝感咽孤拙遭遇昔與安

道皆奉清光今茲衰晚才薄責重未知死所何以論
報嚮秋更冀以時加愛

與王學士

某頓首京師區區自朝及夕無益於公私而思接賢
者之論亦不時得近兩辱見顧皆不獲迎候豈勝爲
恨寒陰不審氣體何似旦夕當卜至門未間先此爲
謝冀有以亮之而已

又 熙寧三年此帖入載第九卷却云與薛少卿

某啓急足至辱書喜承尊候萬福貴眷各安甚慰企
想近入京衙校過頻捧手教尋於遞中奉狀必達視

聽其到此以弊止未完固少留以葺然欲遂為掛冠之請遠近相知皆相督以祭是自乞須且勉赴到任徐請歸休未遲今遂治行二十一二間上道三四日至蔡别拜狀恐久滯急足忙中作書不悉

答張學士 嘉祐□年

某啓中間辱惠書未遑脩答又辱惠書意愛勤勤重增感愧某以嘗患兩手中指攣搐為醫者俾服四生丸手指雖不搐而藥毒為孽攻注頤頷間結核咽喉腫塞盛暑中殆不聊生近方銷釋衰朽百病交攻難堪久處茲地漸欲謀為退縮得免罪戾以疾為名而

去猶是幸人使騎巡歷何時一過都下必遂握手未間以時自愛仲儀喪子應滯行期許事猶煩餘暇沖卿恐猶未歸未及作書爲懇

又 嘉祐■年

某啓區區久不馳問豈勝瞻勤暑毒竊惟體履清福兼承權留務都邑孔道諒必勞神中間嘗辱惠問不時修報亦可知其冗率也慚感慚感其唐史終篇遂當復尋江西之請衰病無堪爲歸老之謀爾未由握手莫罄鄙懷惟冀爲時自愛以副企詠

又

某啓前日專詣舟次值不在略見賢郎比欲旦夕再祗候而大雨連綿無由出門兼恐已行忽辱手教乃知即今方行不獲面别惟以時自愛瞻企何已東南應亦有所欲但倉卒不暇續當有信咨煩也蔣同年千萬爲伸意近得書亦當作書也南郡近有書去矣人立待草草

又

某啓衰病無堪叨竊過分方深愧懼遽辱誨存兼承惠寄佳篇豈勝珍誦湖園野趣近郡所無夢寐在焉何嘗忘也若得偶逃罪責歸老其間遂養慵拙何勝

幸也歲晚寒凜款言未期惟冀以時自重

答陸學士（經字子履）（至和二年）

某啓使北往返六千里早衰多病不勝其勞使者輩往凡七八獨疲勞者尤覺其苦也還家人事日益區區浮生何處得少休息承子履在洛甚安又知來鄭書碑咫尺莫得奉見獨見勝之備知動止辱書益用爲慰漸暄珍愛人還謹此

又（熙寧四年）

某啓久闕奉問忽枉以書莫勝感慰兼審經寒履況沖裕某衰病餘生得請歸老而還官兼職皆出特恩

榮幸之愧無以爲諭第久疾累年頓難减損然得此閑適足以安養又其幸也遂復田畝無期會見企仰而已千萬加愛

又 治平四年

某啓早來辱枉使車重增媿感過午遂熱承動履清和方若昏乏忽被手教兼惠以藥并方尤荷意愛之厚第藥性差熱當漸漸服之也竊承代歸有期依依之意愚當與潁民同也餘留面布人還少奉此

與刁學士約

某啓前日承寵訪秋暑計尊候康和以居處狹陋欲

卜定力約數君奉同閑話一日既稍寬涼又佳水烹一兩盃茶辛告月初約一日恐爲會處多故先次一作此咨啓

答連職方康字君錫　天聖中

某惶悚頓首上黨三哥良執少一作丈別伏想體中佳好近者兄長行獲奉短札懇悃之素具之如昨泊任進來得三兄信伏知軒車猶未歸仙塋某自返黨闇邈然塊處日以賤事相逼魚鱗左右至於筆硯之具視同長物而已前承寵示佳句久欲爲答柰六情底滯不能叩課加之對雷門之前非布鼓之能過也但

効曹生游揚季布之名，月得傳播於漢東士流之間

諷誦傳寫者迨【疑】使中山兎悲而洛陽紙貴也今勉

成一首以報來賜小生學非師授性且冥惷仰賴良

交時賜教誘若不為索其病疵而姑効司馬生言好

字則三哥顧我之厚薄可由斯而見矣崢歲且晏乎

居寡徒想望故人能不愴恨時因北風幸無忘德音

之恵某頓首

又 嘉祐五年

某啓近嘗辱恵問不審寒來體履如何京師區區幸

時與元禮相見然衰病鮮悰無復壯年游從之樂也

殘史已終篇南歸之思如欲飛爾君錫決然遂獲閑居之適應知此趣真老者之所便也況竊禄甚厚於國無補豈堪碌碌久此乎握手未期聊爲君錫道此盛寒多愛

又 熙寧 年

某啓令姪過郡辱書粗尉積年思企之勤兼得一詞起居康福外絶世欲内養天真宜其極方外之樂享眉壽於無涯某竊禄盈溢心志衰零尚此盤桓未償夙願然亦不出新春歸計可決第思場屋之游四十年之舊零落之餘所存者幾而吾二人者邈焉各在

一方未知握手之期用此不勝區區爾歲律遒盡寒
邑觸深惟以時加愛

又 熙寧四年二月

某啓守祭忽已半歲老年百病交攻賴此閑僻偷安然猶經春在告人事曠廢咫尺相去闊於馳問使至辱書既慚且感喜承尊候康裕某以衰殘未遂一立之願勉彊憂畏惟思高賢遠識早能超出塵累宜享福壽於無涯也企慕企慕相見未期初暄保愛

又 熙寧四年四月

某啓相去不遠悒然之顧出於衆興古賢佳事有望

於故人但不敢坐邀爾某入新年陛更衰殘昨三月中欲遂伸前請决計歸休封遞角次得闕報陝兵爲孽遠近驚懼朝廷方有西顧之憂遂且少止今已寧息非晚必期得請也若遂還潁則相去益遠至時或一就蔡枉顧可否千里命駕近世未聞亦是一時奇事有望有望亂道思潁詩一卷粗以見志閑中可資一噱

答連郎中庠字元禮

某啓才薄力劣任非其稱初無報効徒自爲勞人事都廢恃親舊見哀而不責小故湖外風土如何獨承

體中亦小不佳今喜清康君錫兄亦久不承問多事怱怱不曾作得一書慙悚慙悚惠柑甚佳遠地難致尤爲珍感鳳團數餅聊表信而已歲律遽窮新春多愛

又

某啓承賢郎小娘子見過故人有佳兒女朋友所當共慶也兼辱簡字惠以熊白并蹯鮓等皆飲酒具獨患累日苦目昏未能近盃杓也朝暮乘閑道話

答丘寺丞

某頓首今日食後就寢方覺擁被卧讀太白集忽屏

惠佳篇豈勝感愧當亦牽強爲報恐滞使人且此爲謝

答韓宗彥 嘉祐四年本卷前有答韓欽聖二幅即宗彥也誤寫此

某啓專人辱書承此初暑體履清勝實慰瞻勤前在府中嘗辱惠問牽以俗冗不時布欵昨以衰病屢自乞蒙恩俾解煩劇雖江西前請未獲素心而疲薾計不能久粗得休息亦不勝其幸方得復從諸公之遊而子華遽遷執憲然命出中外稱愜某既得閑適遂且盤桓過夏秋冬當遂前請相見未涯但聞風采行被嚴召未間暑熱以時自愛因人還謹此爲謝

答黎宗孟 醇 熙寧二年

某啓近遣家兵至萬壽奉迎有書計達專人惠教乃承路中得疾問來人不能詳言即日必惟已獲痊安旅中有疾亮難久也辱諭尋醫細思皆小小外事不足動懷豈宜輕爲去就許昌避[illegible]介至亳又陳曹爲梗今又復然足驚世人常態處處如此然則尋醫所至未必見容但當寬度包之爾富丞相奉知必不淺已教他舉留再任莫且隱忍終之否其性自少容老年磨難多漸能忍事前後蒙見教者豈非欲其寬中以忍事耶卻敢以此意奉規不恠不恠未敢奉邀必

且經還家也嚮暖加愛不宣某某再拜

與裴如晦 煜 嘉祐五年

某啓酷暑阻奉見竊惟體氣佳和新事頗動人耳目惟静處聽閙益覺其喧也聖俞賻助遂獲幾何苟有所得幸且勿送其家也望略批示或約相見爲佳謹此咨啓某再拜如晦學士 廿四日

答杜植 嘉祐五年

某啓公私多故久闕馳誠然亦久不承問忽於遞中辱書喜慰無量兼審經寒動履清勝不相見數年間親舊零落所有無幾在者衰殘老病於理宜然其間

不能量力決然早去而留連祿仕任過其分勉強碌碌迄無可稱以取責於一時而貽譏於後世則鄙人於數老叟中又獨貧此若寵利紛華不惟非素心所溺就令心有所好大抵晚年實能享者於身所得幾何由是言之得失不較可知自去夏迄今病恙交攻尤苦齒牙飲食艱難則嚮所謂於身所得者無復有爾可嘆可嘆不相見久因書及此聊當一笑爾聖俞家賴諸故人力得不失所漳州兒子輩更在教育他事應在雅懷有以處之不待言也新歲千萬加愛因風不惜惠問以慰瞻仰不宣某再拜

答陸伸

某啓人至辱示長書及古今雜文十軸其研窮六經之旨究切當世之務與其辨論文辭之際如決壅塞闢通衢以瀉浩淼之無窮御駔駿而馳騁然則吾子之所能與其所用心者不待相見而可知矣某衰病廢學多難於時常幸得空閑之處苟樂於自棄而吾子獨不棄之惠然見及何以當之欣慕感媿聊盈爲謝幸察其區區

與丁學士 見英辭類稾 已下續添

元珍屈處冗務士夫所歎清議尚存自當奮滯惟通

塞有時少須之耳其碌碌于此爲庸人出處之計前以屢陳矣

又

冗務誠非賢者所處然屈伸之際又非賢者不能安也凡在交舊莫不以此爲慮而未知所以爲之奈何自古賢達之士固嘗有所屈伸其所以處之者乃其平生所學者耳足下所存遠大故知必能及此敢道之

與蔡省副嘉祐■年　見名賢簡啓

某啓昨日無以爲禮深用慙靦宿來動履想佳然中

席邊起遂不可留變此新例他時東齋之會敢不遵用故事也適得沖卿簡言原父已送詩云甚殊未有一句欲借一拭目以發衰鈍三日欲去出城送沖卿能往否此不敢强聞及之

又 嘉祐■年

某啓昨日知與沖卿賞月必有餘樂某亦邀同輩二三人淡坐不飲殊亦鮮歡但飲冷過多又病真不能追逐少年矣前時烏絲欄輒留欲書其後尚未有暇適因尋書别得少佳者且納上聊資揮灑章望之長言試爲一闋■後日方得奉見謹此咨布

與裴學士名煜，字如晦，嘉祐八年以秘閣校理知潤州，前有嘉祐五年一帖

某啓：公私冗瑣，人事多廢，不獲奉問，忽已逾時。專人辱書，承經寒氣體清安，稍慰瞻想也。某年齒日增，心志日耗，材薄任重，憂責無涯。故人在遠，誰與教告，誠未知税駕之所也。如晦代歸有期，竊承私門多所憂撓，顧知紛紛此世，少無事人也。恵甘誠爲佳物，然不飲已朞年矣。茶須嘗方敢致謝。纖春和，更希慎愛。專人還，謹奉此。不宣。某頓首如晦學士足下。二月三日

與趙學士名彥若，字元考　熙寧　年

脩啓：頃蒙軒騎少留，忽忽殆陳款奉，然每覩餘論，獲

益已多少别方爾傾馳辱書感愧旦夕亮且就道霜月鄉寒千萬愛攝不宣歐陽脩奉啓太常學士執事

八月晦日

承示集古跋尾數事頓發蒙滯恨不早拜呈也

書簡卷第八

與丁學士第一帖

不可道（一作不可二道）不能安（一作難安）歸鄉（此下一有以風波道遠五字）

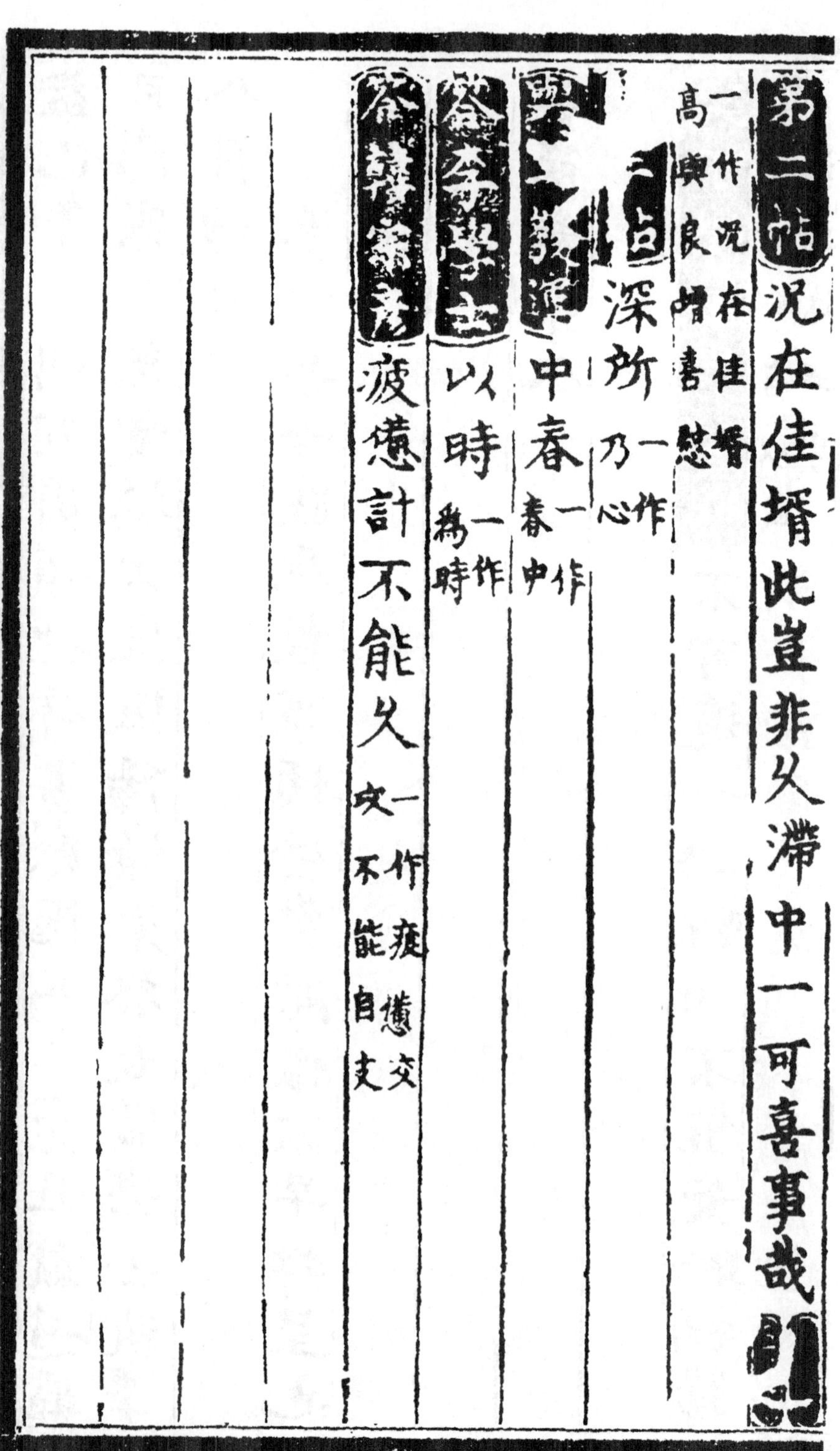

第二帖

況在佳壻此豈非久滯中一可喜事哉

一作況在佳壻
高與良壻書慰

三帖

深所一作乃心

中春一作春中

以時一作爲時

疲憊計不能久一作疲憊交攻不能自支

歐陽文忠公集一百五十二

書簡卷第九

與薛少卿 公期 景祐三年

某頓首再啓。東園一别，自夏涉秋，今倏冬矣。泝汴絶淮，泛大江，凡五千里，一百一十程，纔至荆南。見家兄言，出京時有公期書，渴得一見，要知别後事。然數日尋之不見，遂已。某自南行，所幸老幼皆無病恙，風波不甚惡，凡舟行人所懼處，皆坦然而過。今至此鄉夷陵，江水極善，亦不越三四日可到。又聞好水土，出粳米、大魚、梨栗、甘橘、茶笋，而縣民一二千户，絶無事。罪人得此，爲至幸矣。秖是沿路多故舊相識，所至牽率又少便人作書入京公期始約今冬赴絳州必非人行矣每憶君謨家會頗如夢中未知相見何時惟自愛而已因人便附書在君貺處乃可達今因遣白頭奴入京謹附狀不宣

又景祐四年

某頓首自公期東門之别忽已踰年南北之殊相去萬里音信疎絶於理固然昨至許州蒙訊問備審官下爲况甚佳邇來諒惟自公之餘與閫内貴屬各保清休某居此爲况皆如常親老幸甚安室中驟過僻陋便能同休戚甘淡薄此吾徒之所難亦鄙夫之幸

也多荷多荷。公期遊宦故鄉，其樂可量。思昔月中琴奕樽酒之會，何可得邪？某父處窮僻，習成枯淡，頓無曩時情悰，惟覺病態漸侵爾。弊性懶於作書，區區思慕之心，非有怠也，惟仁者察之。讒謗未解，相見何由，惟慎疾加愛。因人至京，頻示三兩字爲禱。其如方寸莫能盡也。不宣。

又 康定元年

某頓首再拜公期九哥足下：比者伏審五丈人文母相繼傾亡，聞訃交至，不勝悼怛。若事伏惟羅此酷毒，摧痛哀慕，柰何柰何。孝子之志，在於不滅，更望節哀

就禮以全大孝是於親友為大願也自去秋贄夫有
事顯倹公期替歸不意遭此凶變知扶護且歸絳州
朱審何時可至京邑一别數歲其走萬餘里艱險備
嘗公期又有此患人生若此可嗟可嗟八哥在京尚
未有差遣亦欲求一住京所貴照管君貺與某亦時
時到宅内外如常不慮中前君貺行曾有書他為有
起請不肯附去今同封呈前後累寫下書皆因循不
附去得悚息悚息秋寒哭泣扶護千萬寛節以副區
區謹奉此致慰

又慶曆三年

某頓首啓自公期到京便欲拜見初期見訪尋以某欲入都遷延至此近以定日必行一夕小兒輙病遂阻行計然猶幸僅存其生至今尚未安所頼有可醫理行既無涯虛滯軒車久阻歸計慚惕料某不往公期便行也企渴企渴他具夫人書記累辱問小兒病無慘中未及奉書市藥甚煩挂意春暖各希保愛瞻祝瞻祝不宣

又 皇祐二年

某啓到此已將百日牽率如初以此久不奉問邂中并人至兩辱書承寒來寢味多福霈恩進秩不敢爲

賀彼此然也某此區區幸事漸少稍息有奉告作鞍

蓋爲郡人哂其太陋爾相次專人附銀去式樣一依

官品可也冗事乃煩長者惶恐惶恐餘具後信冬冷

保重

又　嘉祐　年

某啓累日不相見承在軍器庫中必甚勞神暄和體

氣喜佳裕玉冊官便當遣去有暇因出見過看漢碑

今日私忌家居恐知

又　嘉祐　年

某啓昨日見妳子自宅中歸云公期猶患腎疼不審

旦夕來尊候如何今日欲於軍器庫中奉問又恐不
入爲前日所見偷竊者驚家人欲於宅西添一鋪巡
警不知有例否夫人言公期宅前曾𣳇添一鋪不知
申報何處施行略希批示因出閑過少話某再拜公
期郎中　二日

又　嘉祐　年

某啓昨夕承過顧經宿熱未解甚可若也體中安和
數日有人將一馬來行亦快不見驚蹶不知毛骨如
何云要百千爲定價直否試令牽呈昨夕忘却閑説
及幸告批示草𦾔九方專令咨請不罪不罪

又 嘉祐治平間

某啓昨日作書未及發忽得來介所惠書頓釋月餘憂想之懷家人尤以爲慰也所喜涉暑到官尊幼各安寧仍知頗以郡事爲意如此日月亦易銷遣某嚮在夷陵乾德每以民事便爲銷日之樂苟能如此殊無謫官之意也某偶因用街市淋洗藥拔動風氣左脚疼痛數日在告不意傳報特煩軫念感愧感愧盛暑公外加愛家人亦自有書此不多述不宣

又 嘉祐治平間

某啓近併捧三書具審至汝以來動静甚慰企渴彌

比日竊惟公外體履清福貴眷各安和今夏京師大
熱疾瘦尚未衰息頗聞許洛特盛幸喜汝獨無之雖
然郡事久不治下車之始不無勞心今必稍簡則漸
可樂矣崔庠桉已斷即報必見罪狀不若初聞之可
駭然刑名亦重舉主多不免兹亦柰何淄州近不得
書應是煩惱某今歲病暑飲氷水多目生黑花多在
告舉家幼小幸安最後將書來人戒渠來取書輒私
去故於遽中致此暑伏方盛慎愛不宣

又 嘉祐治平間

某啓多事忽忽等閑不奉狀遂復逾月兹者楊氏子

來辱書承秋來公外動履清康貴眷各安粗以爲慰

郡事以太守養疾甚煩裁處然臨以餘刃莫不爲勞

苦加之歲事豐成盜訟當漸稀簡也某以私門過夏

嚮秋幸且安帖秖是孤危之迹勢漸難安群口籍籍

外亦應聞病目愈甚承惠藥方便當精意服之也連

日從駕歸遂卧病兼亦筋力去不得也餘俟家人自

有書殘暑更冀以時自愛以副瞻企

又治平二年

某啓近以雨水爲患舉家驚奔所幸人物若無傷損

寓居定力公私擾擾久不附問急足忽來惠書承秋

來公外體履清福貴眷上下康安稍以爲慰報國無
狀致此天災皆由時政多闕上貽聖憂方共引咎遽
承見教丁寧切至蒙愛之厚愧感銘藏而已知汝極
豐郡政修擧盜訟遂稀應多閑暇之樂也某怱怱無
悰病目如在昏霧中作書甚艱餘不遑及嚮寒保重
因風時枉問

又 同前

某啓新陽納慶伏承動履多福人至辱書感慰無量
京師水後繼以陰雪甫近郊禮次開晴青城宿齋雲
日澄和人情舒暢遂成大禮衰朽之質執事忘勞前

此公私事叢夂闕致問自是而後應且休息一晴鎮遏無限浮議天幸天幸餘非筆墨可罄人還僅布一二深寒多愛

又 治平三年

某啓自承受勑後日與家人望軒騎來歸何夂而絶不聞問春夏之交氣候不常不審體況何似想與貴眷各安某此内外如常但自春來病渴淋不止在告多日乞一近郡養疾已三削竊料旦夕當至都門故專走兵迎候其他須面叙病中不悉

又 煕寧元年

某啓近法曹廳人回特惠書經節竊惟公外氣體安和某到官忽已兩月幸與諸幼如常但老病益衰民間興利趨公事目百端昏然並不能省若常時公事則絕簡過客亦稀苟禄偷安負愧而已公期臨郡已多時莫須别有差遣某以病苦難久尸居歸心有素何日遂如所願相見未涯窮冬盛寒惟加攝爲祝

又 熙寧三年此帖又載第八卷卻云與王學士

某啓急足至辱書喜承尊候萬福貴眷各安甚慰企想近入京衙校過頒捧手教尋於遞中奉狀必達視聽其到此以弊止未完固少留以葺然欲遂爲挂冠

之請遠近相知皆相督以蔡是自乞須且勉赴到任

徐請歸休未遲今遂治行二十一二間上道三四日

至蔡别拜狀恐久滯急足忙中作書不悉

又 熙寧四年

某啓專人辱書承秋暑體候康適貴眷安寧甚慰甚

慰某兹者告老得請恩典殊優出於萬幸賴蔡至近

雖冒大熱信宿便至遂為閑人庶事皆如素計惟當

營舍久而僅了族大費廣生事未成倫理頗亦勞心

然措置稍定不復更令入耳則是人間無事人爾知

幸知幸承冬中當替歸可遂相見豈勝欣願但恐未

間别有羡命也某此老幼幸如宜聞相去紙四程必時得書問往還殘暑公外多愛

又同前

某啓迓吏過州辱書承經寒體況清裕貴眷各安甚慰勤企某與諸幼幸各如宜自還田舍已百餘日庶可稍成倫理粗免勞心始覺漸有閑中趣味然目足之疾初未少損蓋累年舊苦勢難頓减又迫於年齒愈老而益衰其如坐享厚俸飲食無爲徼倖之愧感激而已承羨替有期冬末行舟淮潁當得一會面但恐未間别有羡命就移不然豈勝欣望也深寒未相

見問多愛多愛

又 熙寧五年

某啓自使舟過郡閑門廢事之力又值雪寒難於舉動加之病齒妨飲遂不成主禮退居屛迹惟交親難相會每以爲恨幸一相見又事多艱滞如此信乎人事如意難得也然尚得靜話數日爾人至辱手敎承宿來尊候萬福知詰旦遂行嚮和惟多愛

又 同前

某啓近辱書喜獲平安到京甚慰傾企作至都下人事必多仍審已謁告歸絳州何其速也不亦少勞乎

即日春暄竊惟氣體清適其自相别後令醫工脱去病齒遂免痛苦然至今尚未敢放口喫酒情悰索然但覺一歲衰如一歲爾集序已了柢候更了鐫刻一併納呈閑居難得人便附書比此書至京計已西去故令入齋轉附至絳故未及其他惟嚮暖保愛早還以副瞻思

與陳比部 力 嘉祐治平間

承有家訃賢姊有事竊惟悲痛老年親戚間不免時有煩惱人生常理只如此時暑千萬節哀寬中無由奉慰來日令兒子至寺中也五妹且省煩惱時熱圖

安也某再拜作坊殿丞良親 廿七日

又 嘉祐治平間

某啓承昨日寺中舉掛時熱惟希寬中又知喫食所傷更須慎護辱惠茶具甚精奇多荷多荷藏之他時爲閑居之用爾今則少暇也五妹喜安極熱未敢相邀歸家好將息某再拜作坊國博之右 旬休日

又 同前

某辱惠笞簡承臟腑已安和甚慰惠茶籠所作極精至石昇大是奇物可珎可珎但不得中間一片則不成器千萬爲早取之此物他處未嘗見石昇世故多

有未有若此簡易而工妙也稍涼見過閑話某再拜

作坊虞部六娘兩日患臟腑今却安也果子自此

更不令喫幸荷幸荷

又同前

人至承惠簡喜酷暑中與貴眷各安數日大熱恰值

謝官人事紛紛疲朽遂不克支若非昨夕一雨少解

煩毒其將柰何頻勞問念多感多感某再拜　佳娘

近日頗肯忌口亦漸向安謝念及也

又嘉祐治平間

多日不相見天氣斗暖喜與五妹各安和惠簡問及

牙疼多感多感兩日稍可雖淨動醫者云取未得須候根脱取之省力恐知恐知驢肉多荷多荷某再拜

作坊虞部良親 廿二日

兩日却較喫得些物

又 同前

某啓承惠蘇家藥多荷多荷亦嘗用之此但治咽喉爾某所苦者齒牙熱痛兩日來漸較蓋稍節滋味等物遂可爾過承憂念五妹歸家安否後日祠事畢使歸當得相見人還專此爲謝某再拜

只前時兩般藥自好方待久使也

又 熙寧元年

某啓久不得信方深企想送劉司理兵士至辱書承
公外體候安和四郎以下諸幼各安甚慰但以亡妹
忽已周祥舉家見書信至重增悲惱爾某此老幼幸
亦如常久欲作書只爲累表乞致政未允候見去住
後發書奉報爾今又忽有青州之命已兩次辭免欲
且乞守亳蓋去潁近便於歸計也未知如何也知吾
親每每多不安遠宦中有此煩惱誠難爲情更宜寬
心求安爲善也亡妹靈柩今冬先送歸晉最爲上策
嚮寒千萬保愛不宣某再拜知郡比部良親九月八日

與馬著作嘉祐中

牡丹記荔支譜久欲附呈以俟刻跋尾數十字以是稽遲不怍不怍病目固不能書然君謨不肯爲他人書而獨爲某書此朋友間自是一事不可不記故勉自書取笑取笑

又 治平四年

某啓近縣人還奉狀新歲布和善人君子自宜亨福惟餘齡晚暮益以病衰相見未涯徒積傾嚮鄙抱區區前書粗布政餘加愛某手啓知縣著作足下十二月十九日

寄惠花燭白蕈多荷多荷蕈豈非自種耶甚佳甚佳泉水未爲爾必以冰凍貴致未得也

又 熙寧元年

某啓專人辱書并以泉水爲貺豈勝珎荷蕪審新春履味清安河夫之役尚煩神用然處置得宜公私俱濟則所利博矣亮不以爲勞也某再乞壽旦夕必見可否未間難爲期約也當續咨報尚寒慎愛不宣某手啓知縣著作足下十九日　李集已領泉味皆佳然大柢東州水甘直須於鹹水地飲之然后爲貴爾

又

某啓病悴之餘人事踈廢忽辱惠教方承臨莅齊城經暑公餘清適誨諭稠重開發蒙鄙感愧感愧咫尺

未期會話欽渴欽渴其再拜　病目多書字不得不
罪不罪

又　熙寧三年

准西支郡蕭條何敢奉屈然吾儕以道爲樂亦應不
以閑要爲計其至潁且少盤桓俟如蔡即當發削若
遂所乞衰拙之幸多矣塗次餘未及詳

又　同前

最後一削甚懇意謂可以免并遂蔡何幸如之其餘
區區未可卒布但不一會見尤爲恨爾保愛保愛

又

某啓宫守相望咫尺未親言話惠書勤眷兼以嘉篇富麗之作老病無悰得以拭目頓增鄙思也欣感欣感高材尚滯一邑秋冷多愛某奉白著作足下

與顏直講長道

某啓嚮傳例罷學職初聞可疑及辱書始駭果然又承有淮陽之命君子出處不違道而無媿則所居皆樂況淮陽近家之便乎亮不動浩然之氣也交年積雪極寒體況想佳計行李不久當東相去逾遠會見何時千萬加愛

又治平四年

其啓嚮在京師會吾子來人事悤悤不能以從容接高論及至亳聞還直學館出處相失誠可悵仰近惟經寒體況清適其退守僻州甚爲優幸而衰病侵凌心志昏耗諒難久竊榮寵也目疾爲苦臨紙艱於執筆鄙懷莫罄新歲惟冀加愛

又 熙寧元年

某啓董君來辱惠音竊承履況佳適感慰曷已學館誠岑寂然塵事不到足以專志經籍則其所得與其所樂豈不多哉某今春目疾愈甚東州民物可樂處多但自以衰病少悰爾董君到必爲言也

又同前

某啓衰病人事多廢久不奉書遞中辱問承經寒體況清適學舍久淹然以道爲樂必無倦也某兩目益昏難久勉強乞壽已再旦夕冀得請西歸近潁爲便爾相見未涯鄙誠莫道

又熙寧二年

某以病昏廢學情禮亦多闕東州一任寄委勉強常憂曠敗請壽冀未退休間苟安於藏縮爾久不聞道義之益與諸賢者迹日漸疎但欽渴而已

又熙寧三年

其啓近辱書承春寒爲道外無恙甚慰企仰竊憶去秋將離青社曾一奉書未審得達否某衰病如昨幸得閑暇偷安但苦病目不能看書無以度日詩義未能精究第據所得聊且成書正恐眼目有妨不能卒業蓋前人如此者多也今果目視昏花若不草草了之幾成後悔所以未敢多示人者更欲與二三君講評其可否爾但未知相見何時也輒筆特艱莫布萬一漸暖加嗇

又熙寧四年

其啓近辱書承涉暑講道外康和甚慰蕪冢以冕繹

先（一有生字）集爲示其自少時嘗得傳誦數篇每恨不見全編不意茲時頓飫飢渴藏家著錄以傳後世榮感榮感其以經春老病在告近已復尋在亳之請方治裝以俟命區區未遑悉布惟毒熱加愛

又　同前

其茲者得請歸老恩出萬幸惟所苦渴淋自春發作經此暑毒尤甚蓋以累年之疾勢不易平然自此安閑冀漸調養爾兩目昏甚艱於執卷顧難銷晷景又親朋之會邈不可期恐遂不聞道義默默寖爲庸人爾殘暑加愛

又同前

某啓：迨小史（一作吏）許充行奉書，方在道，人自都來，又辱惠問，豈勝感愧。兼承秋暑爲況多佳。某自蒙恩許其告老，榮幸感激之懇，前書已粗布。惟乍還里閈，人事少勞，而舊苦目足之疾，得秋增甚。舊書編稾，未經一二君商榷，今遂復田畝，會見無期，此爲恨爾。餘粗如宜，幸不多恤。嚮冷，惟加愛。

與梁直講

某啓：褎病退藏，自宜屏迹，忽辱惠問，雅眷不忘，其爲感著，未易遽陳。兼喜春和，氣體清裕。董直講來自學

舍具道群居之詳今其還也亦備見郡齋之況燕譚之際諒可及之病目愈眊然艱於執筆惟以時加愛

與直講都官 熙寧元年

某啓自離亳更闕奉問春氣尚寒體履清勝其昨辭青不獲勉策病軀東來而東州士俗深厚歲豐盜訟亦稀甚爲養拙之幸而獨苦衰朽老疾日增爾歸計遷延更須年歲也學舍久淹匪朝必有美命未間珍愛某再拜直講都官足下 正月九日

與曾學士 熙寧三年

某啓近因人還得附拙記荐枉書尺其爲愧荷可勝

道也兼審秋寒提按之暇動履清福某去蔡咫尺以病尺爲梗少留于此忽復踰月匪晚向官所壽蔡相望時得拜問旅寓中草率爲謝

與王補之熙寧三年

某啓近者行舟過界上特辱惠書喜承秋冷氣體安和以至郡道里差遥不敢曲邀車騎又失於上問全乏迎候豈勝愧恨某蒙恩得請郡僻事簡衰年疲病苟禄偷安甚爲幸也欵見未涯以時自愛

與謝景初皇祐元年

某拜啓久不作書蓋由無便即日爲政外奉親萬福

某幸且安郡僻少事然漸老懶於為學惟喜睡爾足下為道方銳著述必多此急足回無惜為寄春寒保重

論徐嶠稱弟子帖

春首餘寒惟閤梨動止安隱弟子虛乏纍承榮寄蒙恩獎擢授以洺州一歲三遷自南徂北既近都邑忝竊弥深便即祗命未由頂謁瞻望山門但增悽斷戰懼之情慙惶失據願珍重不宣弟子徐嶠

和南

某啓承惠佳篇豈勝欽服昨日見頤遂當祗詣曾不

為言其如清宴佳賓難復多得若曰春秋為義當得徐嶠筆法何用於闍黎稱弟子自南朝起此弊事遂成風俗其如近日士人佞佛者少宜於此時力與革此弊事惟在賢者為之禮曰君子動而為世法然則舉措其可不慎哉金氏世以財雄南方今乃出佳子弟甚可愛也雄漢瀛霸保州粉紙誰謂不可書請試察試察之下尚隱隱有字漫滅不可讀不知與何人帖也

與修史學士 嘉祐年

某啓辱教開發蒙滯實寡陋者之幸也早來寧王憲只為更名與鄭王嗣直數人同須再出封國其它更

有易名者偶不从封阑就中此卷错处多然捨此更無也某白

又

某启前日承惠服罽图寡陋蒙益何胜感愧欲见当年修真宗实録人官职姓名差官及书成年月告与捡示不罪相烦八日某拜白晋叔学士

又

多日不奉见春暖康和中间承见惠腊雪散者或有更乞少许某再拜外题简呈修史学士

右三篇见秀峯隐居法帖或云与吕夏卿吕字缙

叔嘗同修唐史晉字疑省文

與人

辱留郡兩日偶客多不及款話惟望慎疾自愛俗子多是非難防勉強接納小疾不足過疑却恐過當服藥致生疾耳二者愚慮恃眷舊敢然悚惕悚惕公議難遏身復匪遥他不足道也區區其又拜

右不知與何人

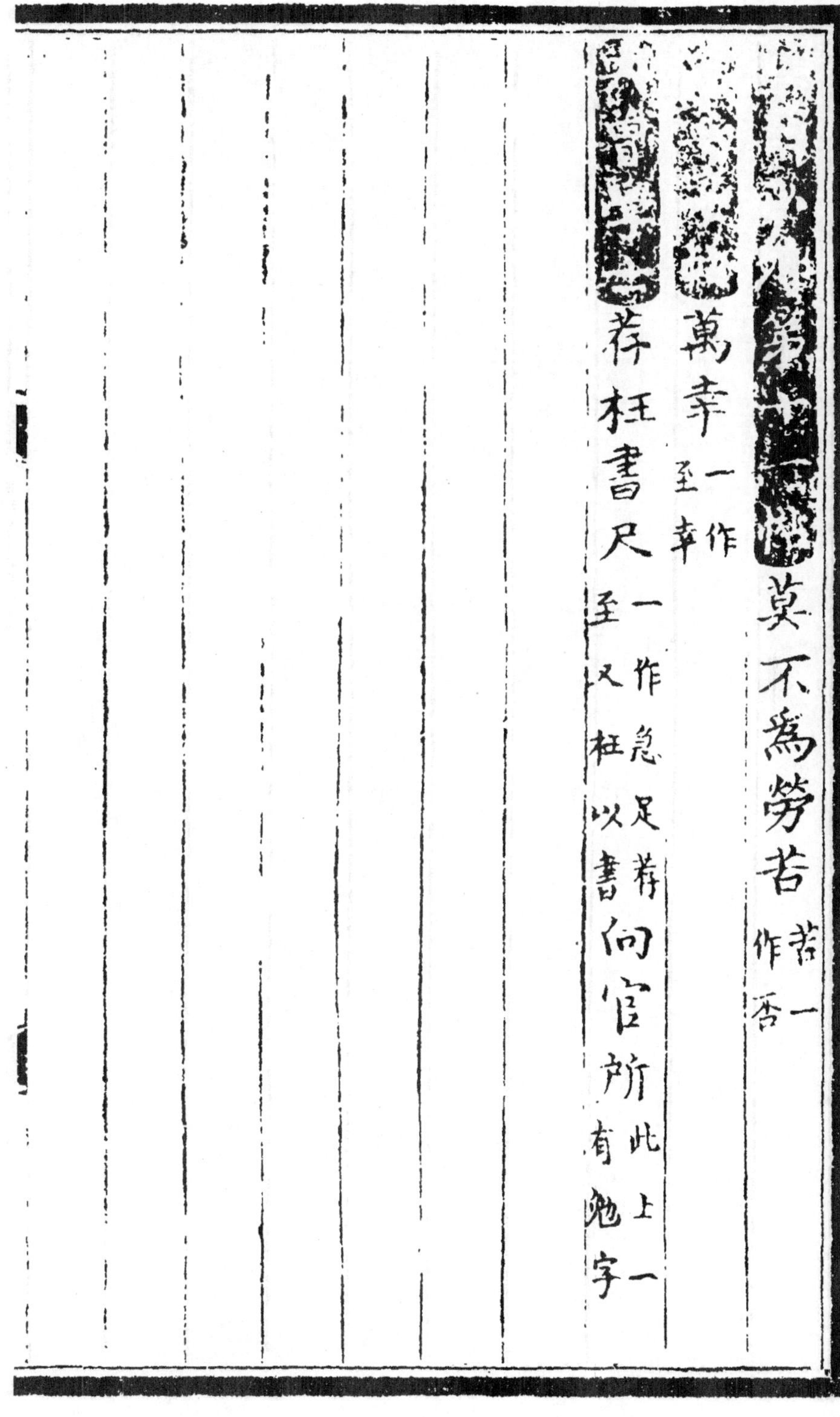

莫不爲勞苦（苦一作否）

萬幸（一作至幸）

荐枉書尺（一作急足荐 至又枉以書）向官所（此上一 有勉字）

書簡卷第十　　歐陽文忠公集一百五十三

與十四弟 煥字大明　皇祐二年

某啓。仕宦多故，久不附書。冬寒，計與諸眷安和。某爲太君年老多病，未能一歸鄉里，親拜墳墓。祖墳更望與照管，餘託鄭齋郎致意。此外保愛。不宣。某書上十四弟秀才。閏月六日。

又 皇祐五年

某罪逆深重，不自死滅，禍罰上延。太君以去年三月十七日有事舉號，寃吽五内，分崩不孝，深蒼天罪逆，深蒼天。見在潁州持服。昨者鄭齋郎自鄉中來，得十四弟書知與骨肉奉親各安某爲於穎州卜葬所以未及歸得只候服闋南歸相見書言回陂樹倒但勿令人斫伐爲幸諸大小墳域且望更與掛意照管年歲間某歸相見餘不多言今因嗣立人回奉此不具

兄押書寄十四弟秀才四月七日　究墨宣筆表遠信

又同前

十四弟秀才前者嗣立人力回曾附書及筆墨等想得達邇來暑熱上下各安某今者扶護太君靈柩歸葬先遣嗣立歸凡有可幹事爲嗣立少心力吾弟且

與同共幻當相見不遠秋熱好將息不次某書白十四弟七月十五日

又 同前

十四弟昨自扶護南歸得相見庶事頗相牽率自别計安諸姪亦計無恙某初十日已至家一行如常但憂墳塋惟託勤爲照管諸已面諭更不言也此外教諸姪爲學各令謹慎爲佳時寒好將攝因人頻附書來言墳頭子細是切不具兄某書送十四弟

又 皇祐六年是歲三月改至和元年

十四弟别後計與諸眷各安自離吉水後未曾得來

書中間景歸曾有書必達八郎近寄信來回陂門垣及水道並已改了不知是否因書言及今因寒食遣人力去上墳望與至少鄉墳頭一轉爲地遠只附錢去與買香紙酒等澆奠小叔西街小大郎諸骨肉並與伸意前曾附書吏不寫書也吏附錢五伯文與回陂墳頭張旺取伊一領狀封來仍指揮伊修蓋墻垣看鎖門户千萬千萬如有事書中細與言來春暄各好將息不次兄押書送十四弟

又 至和二年

書寄十四弟秀才久别計安樂吴榮來得書回陂墳

所必與照管今因寒食令人力蕭及去上墳將錢伍佰省請與買酒食去澆奠回陂墳并與覷當垣墻門户錢一索與看墳張旺仍指揮伊覷當樹木及取領狀一紙來春暖好將息不具兄押書白十四弟秀才

二月四日外封題云書附吉州小市三院位兄翰林學士知制誥史館修撰兼修唐書勾當三班院余今其弟孫名鈞嘗請郎舉尚居此恭仍藏公之真蹟

又　嘉祐元年

人力來得書知骨肉並安深慰深慰為今春使契冊寒食不曾遣得人往墳所吾弟並與到諸墳深感深感脩見乞洪州亦只為先墳也未得間恐吾弟因出

入且爲照管兄押書送十四弟四月十五日

與十二姪通理皇祐四年仕象州司理

自南方多事以來日夕憂汝得昨日遞中書知與新婦諸孫等各安守官無事頓解遠想吾此哀苦如常歐陽氏自江南歸明累世蒙朝廷官祿吾今又被榮顯致汝等並列官裳當思報効偶此多事如有差使盡心向前不得避事至於臨難死節亦是汝榮事但存心盡公神明亦自祐汝慎不可思避事也昨書中言欲買朱砂來吾不闕此物汝於官下宜守廉何得買官下物吾在官所除飲食物外不曾買一物汝可

安此爲戒也已寒好將息不具吾書送通理十二郎

又

承示近文紙如此作得也但古詩中時復要一聯對屬尤見工夫并門當因書言去昔選人有陳奇者舉主十六人仁宗見其未嘗歷選調特旨不改官以戒馳騖者初官宜少安之

與十三姪奉職皇祐五年

奉職自赴任不曾得書到官下想安樂汝孤寒曾受辛苦知道官職難得每事當思愛惜守廉守貧慎行刑保此寸禄而已十四郎今却令回此子自縣中來

見其衣裝單薄汝只親兄弟兩人今食禄廣事宜均給更且戒約勿令出入無事令學書識取些字從來失教訓是事不會男子如此何以養身今遣人去知府舍人處求太君墓誌若此人將得來即更不言若未得來即汝因事至府中面告言吾令汝請文字且與請取求的便附來春寒好將息不具吾押送十三奉職 正月十四日

十四郎此中與綿襖子兩領并裹纏錢三索省只十七八程可到恐伊別亂破錢也

與大寺丞 發治平四年

王澤與書未行間孫宗古來得汝書知與幼小各安

甚寬憂想惟真所傳神改了甚善梅都官者必已畫了所是韓孟惟真既言自有本便可畫也須是四幞頭而髣髴一般大小方好看且傳語僱伊早畫了才到亳便去取也押付發■宅圖且勿與看■梅須亦帶接籬不然帶楮冠子但取好畫隱士帽亦好

又同前

吾二十五日離潁二十八日一行平安至亳初二日上事臨離潁時累有書去約汝於遞中發書令先至亳及至此兩日杳不得一字何故何故以此不無憂想不知爾來汝與諸幼各安樂否迎孫婆孫入夏來

長進否婆孫瘡痍較未不瘦否此吾日夕所念也令專遣急腳子去勾當將來山陵發引排祭一一事汝宜用心速與問當早令回報蓋慮後時難辦也其餘事更三兩日黃清去別有書也此外夏熱汝與諸幼各好將息避中頻發一書來不必須候專人也五月二十九日至亳後第一書押付發[illegible]令令急腳子計會王昌及杜純禧問當進奏官及轉問北京定州進奏官前次仁宗山陵發引時北京定州排祭用何儀式其祭前排列明器人物等用多少數目祭食味數贈作錢馬數目並令一一問取令體例來令別具畫一

劉子汝速召王昌杜延禧令體問早令此急足回來要作準備如杜延禧短使即令王昌用心勾當不管悮事此急脚子回時買明黄羅一疋附來

又 同前

初三日遣急脚子發到亳後第一書爲問山陵致祭事書必已到此中兩日内却併得遞中來者兩書知汝與諸幼各安只是聞得婆孫患臟府後甚煩惱蓋孩兒三好兩惡已多時且須用心調理及知道妳子亂喫物道不得但向道候到亳州■你不得迎子何不與青黛丸喫此是汝小時服之得効者前時王澤

附去者豆蔻丸亦是汝輩患臟府時得効者可與婆孫喫醫人藥中用黃連甘草者與兒喫此中日夕惟是憂煩二孫過夏不易且喜汝今夏一成安樂然更須慎食生冷吾自蔡河舟中大熱食生冷不節所以到潁渴淋復作潁肉誠不及京師乍從京師來誠不好及食之日久亦不覺酒則絕佳於舊日巨魚鮮美鰕蟹極多皆他郡所無以至水泉蔬菓皆絕好諸物皆賤閑居之樂莫此若也吾此只為一歲計不候宅成只候買得材料便決去躬親葢造必更精潔也此郡閑僻未去間足以順養孃瘦及食少心頭氣滿與

其餘並如在京時汝可勿憂黄清李德今並遣回歸

事當續附書此外夏熱汝曹各好將息稍無人便即

於遞中附書千萬六月七日第二書付發押　王昌

令買明黄羅一疋白生羅二疋已指揮與也要知要

知七郎得書知在京安樂且與頻照管　山陵致

祭紙錢贈作馳馬等此中可造惟是祭前排立人物

此中做不得須令王昌及早商量定令人家依數做

下準備使用不可悮事也　落場近日如何般墮弃

出買如何也向後可嫐折欠此事常宜用心　王昌

處米麥納錢索足未今並在何處收附所云趙祐請

米又是何米後信子細説來出京時舊曆上未請物
數令王昌録一本來仍開説後來已請見今未請
惟真處盡四本惣了便與附來　黎直講并彭州劉
比部書並早與附達見吴肖副再三伸意續有書也
近日群議如何謝上表到後莫有云云否因的書中
略説來不妨曾學士書汝去相看自送與

又　同前

十八日王昌等到得汝書并寄來生日信物依數並
領知汝與諸幼各安此中上下並如常汝可勿憂只
是聞得迎孫患痢甚憂得王昌來時書中只言稍減

次日送黄清急脚回書中並不言增減以此不能無憂才得婆孫補安又却大姐患痢料得煎迫可知醫人須着照管且頻與錢但於房錢内取及他事少錢使但於房錢内隨多少取使不須先來問也只是分明上曆記數與隨手印押夏陸二人或請一月米各與五石昨送香合來依常年例各與酒一瓶侯威亦與一瓶汝昨寄文字比舊甚進可惜中止已得塗轍可以力進也吾此公事絶少渴已減但瘦少力及耳聽漸重然未甚妨事皆可勿憂此後恐人便漸少但過十日無人便發書即於遞中附一信來此外夏熱

各好將息六月二十三日押付發　潁酒二瓶且可
喫毫酒更不及團茶新舊三餅　紙請取一月九舅
作挺箔場亦須照管　排祭事已指揮王昌也只是
祭文不知用不用速與問如用時覓一箇本子寄來
蓋全不知體面也更是靈駕起時百官皆服初喪恐
代拜要孝衣更早擘畫　韓維龍圖昨因何出辭潁
求襄何故不得而得汝問冲卿便知書中報來待發
書往汝略要知爾　謝上表到多時因何不傳若傳
人言謂何及今諸事有何議論亦問冲卿便知子細
報來此中如井底　焦祕校所論如何且頻與見彼

新自南來必載柴米来如無時速報來　曾學士處國史送來足也未或未足早取令足報來

又　熙寧四年

昨晚令此防送兵士將書去今早果是送汝兵士回得汝書知到潁安樂頓解千萬憂想自此三五日因人或縣遞頻附一信來也他事若漸有次緒亦言來謝大伯花園與漕口莊帳曾問當未花園目見如果可買亦緩爲之莊難看勿憑說者切在子細也吾今日已在假餘事續書言去二月二十三日押　所云州官來則復謁思之未便如倅幕縣宰須一先謁常

禮不可闕也寫書了又思得此助役事方欲議行人戶驚搔見説穎亦如此旦夕得安撫文移陝西軍賊撲滅已多其餘些小潰散更候續報若一成定撲則過聖節可陳乞爾恐知恐知二哥一向不得書憂損憂損吾却且視事蓋不請假亦自可下表在亳時如此也此此中吴寺丞久不安似虚勞恐知恐知

又同前

近送配軍人行有書去必到尋而急足回得汝書知在穎安樂甚慰甚慰數日無書去爲等姚都官行然家中上下安樂别無事可勿憂吾在告已十餘日二

哥自京有書來言自家求休退都下別無議論西事
亦不如傳聞別無警急但一二相愛者恐時方惡人
求退懼有不如意事爾若止如此若無可郎三五日
欲遂入削爾恐知恐知候入削了去報也常保屋必
已下手也如前所説甚好只是鄭天錫不可專委須
自掛心韋保屋了汝且謀歸要去時却去此中近故
也州官盡曾看否且與周旋續思穎詩何爲却不刻
石問得言來更數事別有畫一向熱好將息頻附書
歸三月五日押付大哥　襄州酒二瓶不甚好但少
勝穎爾少喫發風物酒亦少飲千萬千萬科場尚遠

勿甚勞也

又同前

初六日姚都官行令急足隨去附書并酒計昨日已到也前日揚婴入州得汝書并信物等並足知汝在彼安樂甚慰此中内外並如常吾在假已十七八日表并劄子寫下數日遷延未發今日待發㥄晨忽聞邊事警急又卻未敢發然素計蹉跌身心躁撓無地自容蓋悔恨者去就之計不能自決若去秋在穎便陳乞安有今日之悔到蔡又直遲疑至今是自家做得今欲歸欲何人然昨爲梨教授云云遂陷惑至此

初八日決已發表封遞角次又得梨書切怪在假仍
戒勿輕發遂又遲疑信知是一寃家寃家邊事未有
涯自家退計杳未有也汝書言待盖草堂并庵此不
急之務不是汝去時議定且只修房錢緊急因何又
却又此吾此書到切更勿議盖也那取人工物料錢
物等候韋保屋修了更修取此房錢緊急處千萬千
萬今此書只為言此一事切聽切聽此外好將息頻
附書歸三月十一日押付發[illegible]謝家園子前書已言
去莊帳子不要今却附去致莊之說且已候汝歸細
議也有說有說

又 同前

劉宗去後防送人回得汝書知汝在彼安樂甚慰只是知二十三日方卓立韋家屋子約須一月方了不知汝甚時歸得本望聖節前到家爾熏漸向熱宜且歸也此中上下並安可勿憂吾已出廳五六日本爲西賊驚傳今得諸處關報皆云招捉潰散無多也吾之進退自此以後自決於心如事從容希恩禮悠悠之談相悮至此也劉宗去特書中事甚詳此更不多言文論并詩頗作甚好惟愈熟則工矣青州兩料職粗不久來當盡送去修房錢也恐知云遣郭天錫日

望其來此外好將息三月廿五日押送大哥　二哥

此中亦久不得書可怜可怜

又同前

前日兩歩關兵士防送行有書并掩子必到今日蔡州大風微雨斗寒思汝數日前盡將綿衣寄歸不知彼中陰晴與此同否憂汝㬻寒都無綿衣吾與孃憂心不能安今立走急足送綿衣去急足到立便令回或汝歸時帶來亦得未歸先遣回亦得餘事前書已說也好將息四月九日押送大哥

又同前

近兩歩闘押賣藥人去有書續又專遣急足送綿衣
去有書計皆已到今日郭順來得汝書知在彼安樂
甚解憂想此中老幼各安可勿過憂蔡人今歲絶不
疾疫但寒暑不常昨初九日大風寒所以專令送綿
衣去及問郭順乃云九日潁州大熱方解憂心郭順
云修造有次第汝欲二十頭可歸然不知何故更令
郭天錫先歸也累書去問汝歸日皆不言孃甚恠然
韋業了其餘小者可委劉宗大者必下手未得也此
中亦自有事要汝歸商議此書到千萬且歸宅事前
書已詳餘好將息四月十二日晚押送大哥　二哥

十頭出京三五日到家恐知恐知

又 同前

前日吳廷平來得汝書知安樂近郭天錫來後便遣兵士作子等去望人到汝便離潁至今已八九日並無息耗不免憂疑蓋潁蔡深夏不免人多不安故也此中内外甚安吾十九日已入却致仕文字若近例一削便允則旦暮間便有命尤要汝歸故更遣急足去如人到尚未起來即速且歸章業已了只是屋下生活可委劉宗其餘前書已言候汝歸商量也所是準備吾歸潁之計今更未暇汝但且歸此中旦夕專

望路中好將息四月廿六日午時押付發

與二寺丞 爽 熙寧三年

自聞汝失意便遣郭順去接汝次日又遞中附書去方憂悶次今日劉玉自京來得汝八日書稍知動静若至潁見了大哥便先歸則今應已在路得失常事命有遲速汝必會得應不甚勞心却是旅中不如意漸熱難行故未免憂想若此書到尚在潁則且先歸為孃切要見汝蓋憂汝煩惱也汝切寬心求安如過亳州只約梨曹二君南臺相見勿入城千萬千萬此外路中好將息此急脚子如路中逢見便帶取回一

路使唤二月二十六日押付二哥爽

書簡卷第十

與大寺丞第七帖

否未有也有字下疑脫字修取此房錢疑此是此字

右書簡十卷命題以各人所至之官故於稱謂不必相應雖並注歲月而先後間有差互既已誤列重於改易姑附注其下又不可知則闕之　吉綿

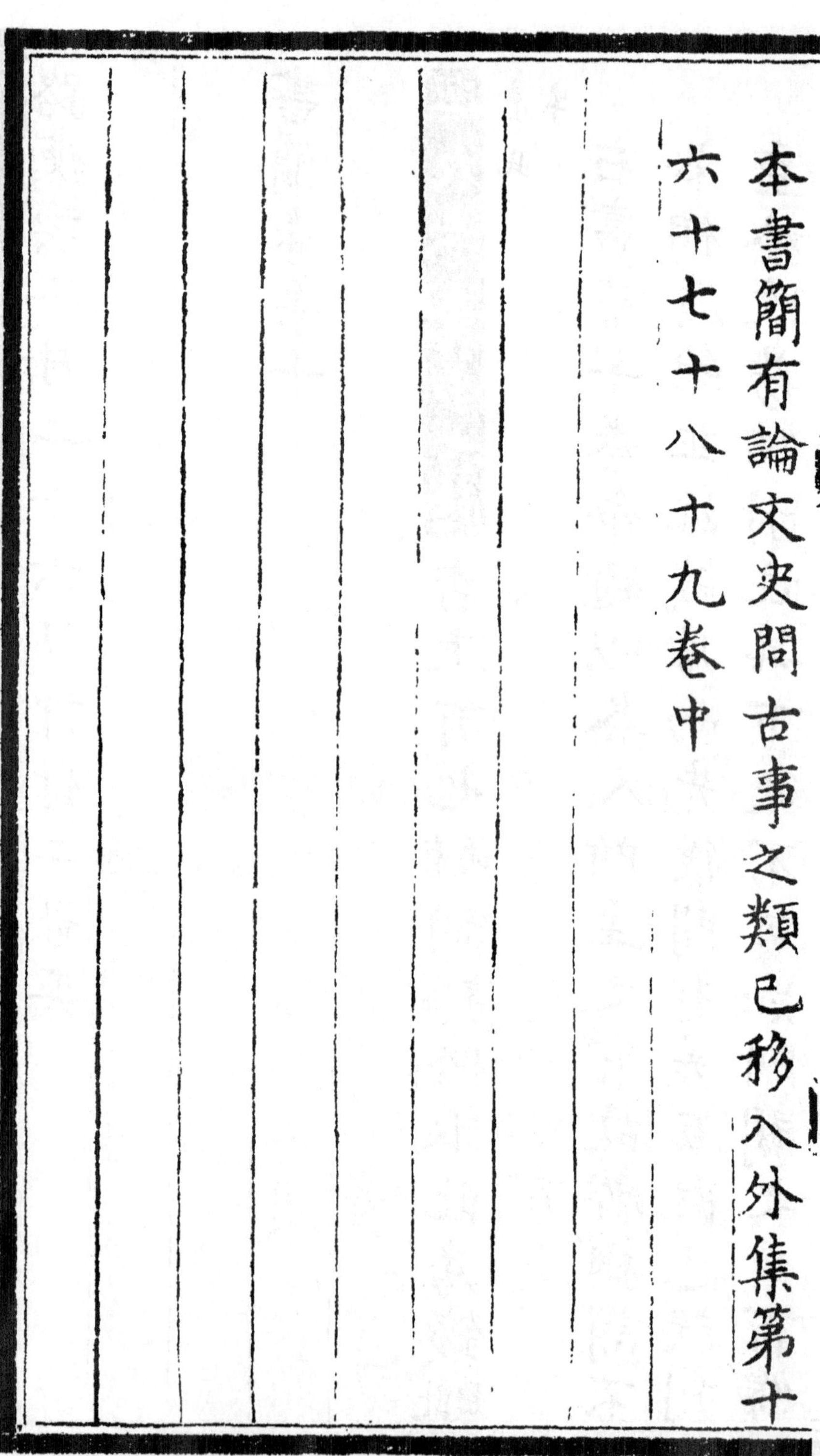

本書簡有論文史問古事之類已移入外集第十六十七十八十九卷中

附録卷第一

祭文　行狀　謚誥

祭文　　　　韓忠獻王琦

維熙寧五年歲次壬子某月某日具官某謹遣三班奉職隨行指使李珪以清酌庶羞之奠致祭于少師永叔之靈惟公之生粹稟（一作稟粹）元精偶聖而出逢辰以亨歷事三朝翼登太平大名既遂大功既成年未及老（一作耆）深虞滿盈連章得謝頼第來寧神當畀以福禄天宜錫之壽齡胡不慭遺

遷爾推傾此眞理莫得致詰而天下爲之失聲嗚呼哀哉公之文、章獨步當世子長退之偉贍閎肆曠無擬倫逮公始繼自唐之衰文弱無氣降及五代愈極頽敝惟公一作公一振之坐還醇粹復古之功在時莫二公雖云亡其傳一作在時益貴譬如天衢森布列緯海內瞻仰日高而　公之諫諍務傾大忠在慶曆初職司帝聰頽有必犯闕無不縫正路斯闢蕘蒭輒攻氣勁忘忤行孤少同於穆仁廟誠推一作惟誠至公孰好孰惡是焉則從善得盡納治隨以隆人畏清議知時不容各礪名節恬乎處躬二十年間由公變風公之功業其大可記屢殿藩垣所至懷惠嘗尹京邑沛有餘地早踐西掖晚當內制凡厥代言典謨之懿凡厥出令風雷其一作之勢三代炳焉公辭無媿樞幄猷爲合衡弼貳撫御四夷兵戈不試整齊百度官師咸治服勞一心定策二帝中外以安神人胥慰不校讒言懇求去位公之進退遠邁前賢合既不苟高惟戒顛身雖公輔

志則林泉七十致政乃先五年上惜其去公祈益堅卒遂其請始終克全嗚呼哀哉余早接公道同氣類出處雖一作則殊趣向何異既忝宰司日親高誼可否明白襟懷坦易事貴窮理言無飾僞或不知公因罹謗忌青蠅好點白璧奚累嗚呼哀哉自公還事心慕神馳徒憑翰墨莫挹姿儀公嘗顧我惠以新詩雖亟訓答忝苦衰疲欲復為問動已踰時忽承訃音且駭且悲哀哉誠孰訴肝膽幾墮一作懸公之逝矣世鮮余知一作我知不如

從公焉一作安用生爲遐脩薄薦一作祭奠公一卮魂兮有靈其來監茲尚饗

同前　　王荆文公安石

夫事有人力之可致猶不可期況乎天理之冥寞一作溟漠又安可得而推惟公生有聞于當時死有傳于後世苟能如此足矣而亦又何悲如公器質之深厚智識之高遠而輔以學術之精微故形於文章見於議論豪健俊偉怪巧瑰琦其積於中者浩如江河之停蓄其發於外者爛如日星之光輝其清音幽韻凄如飄風急雨之驟至其雄辭閎辯快如輕車駿馬之奔

馳世之學者無問乎識與不識而讀其文則其人可知嗚呼自公仕宦四十年上下往返（一作復）感世路之嶇崎雖屯邅困躓竄斥流離而終不可掩者以其有公議之是非既壓復起遂顯于世果敢之氣剛正之節至晚而不衰方仁宗皇帝臨朝之末年顧念後事謂如公者可寄以社稷之安危及夫發謀決策從容指顧立定大計謂千載而一時功名成就不居而去其出處進退又庶乎英魄靈氣不隨異物腐散而長在乎箕山之側與潁水之湄然天下之無賢不肖且猶爲涕泣而歔欷而況朝士大夫平昔游從又予心

之所嚮慕而瞻依嗚呼盛衰興廢之理自古如此而臨風想望不能忘情者念公之不可復見而其誰與歸

同前　　曾舍人肇

維公學爲儒宗材不世出文章逸發醇深炳蔚體備韓馬思兼莊屈垂光簡編焯若星日絶去刀尺渾然天質辭窮卷盡含意未卒讀者心醒開蒙愈疾當代一人顧無儔匹諫垣抗議氣震回遹鼓行無前跋疐非恤世僞難勝孫堅竟窒紫微玉堂獨當大筆二典三謨生明藏室頓挫彌厲誠純志壹斟酌損益論思

得失經體慮萌（一作明）沃心造膝帝曰汝賢引登輔弼
公在廟堂尊明道術清淨簡易仁民愛物歛不煩苛
令無迫猝棲置木索里安戶逸積歛兵華天清地謐
日進昌言從容密勿開建國本情忠力悉卯未之歲
龍駕飈欻再拯大艱垂紳秉笏乾坤正位上下有秩
功被社稷等夷召畢公在廟堂總持紀律一用公直
兩忘猜昵不挾朋比不虞訕嫉獨立不回其剛仡仡
愛養人材奬成誘掖甄拔寒素振興滯屈以為己任
無有廢咈維公平生愷悌忠實內外洞徹初終若一
年始六十懇辭冕黻連章累歲乃俞所乞放意丘樊

脱遺羈馬沉浸圖史左右琴瑟志氣浩然不陋蓬蓽意謂百齡重休累吉還斡鼎軸贊微計密云胡傾殂憖遺則弗聞訃失聲皆涕橫溢戇冥不敏早蒙振掖言辭公誨行辭公卒戴德不酬懷情獨詣西望轜車莫持紼綍維公犖犖德義譔述爲後世法終天不沒託辭叙心曷能髣髴嗚呼哀哉尚饗

同前　　范蜀忠文公　鎮

惟公平生諒直骨鯁文章在世煒煒炳炳老釋之闢賁育之猛拒塞邪說尊崇元聖天下四方學子甫定適來此風勃焉而盛如醒復醉如愈再病學醒與病

有幸不幸幸不見排不幸不正嗟余空踈敢處季孟公訃之來淚下縻綆聞公卜宅許洛之境余居在焉儻得同井異時徃來或接光影薄酒一樽菲肴數皿遠不得前寄此耿耿

同前　蘇文忠公軾（通判杭州日）

嗚呼哀哉公之生於世六十有六年民有父母國有蓍龜斯文有傳學者有師君子有所恃而不恐小人有所畏而不爲譬如大川喬嶽雖（一無此字）不見其運動而功利之及於物者蓋不可以數計而周知今公之没也赤子無所仰芘（一有而字）朝廷無所稽疑斯文化爲

（一作於）異端（一有而字）學者至於用夷君子以爲無與（一作爲）爲善而小人沛然自以爲得時譬如深山（一作淵）大澤龍亡而虎逝則變怪雜（一作百）出舞鰌鱓而號狖狸昔其（一作公之）未用也天下以爲病而其既用也則又以爲遲及其釋位而去也莫不冀其復用至其請老而歸也莫不悵然（一作惆悵）失望而猶庶幾於萬一者幸公之未衰孰謂公無復有意於斯世（一作人）也奄一去而莫予追豈厭世（一有之字）溷濁絜身而逝乎將民之無禄而天莫之遺音我先君懷寶（一作遁避）世非公則莫能致而不肖無狀因（一作寅）緣出入受教於（一無此字）門下者十

有六年於茲（一作斯）聞公之喪義當匍匐往救（一作弔）而懷祿不去愧古人以忸怩緘詞千里以寓一哀而已矣蓋上以爲天下慟而下以哭吾（一作其）私嗚呼哀哉

同前（知潁州日）

維元祐六年歲次辛未九月丙戌朔從表姪具位蘇軾謹以清酌肴果之奠昭告于故太師兖國文忠公安康郡夫人之靈嗚呼軾自齠齔以學爲嬉童子何知謂（一作維）公我師晝誦其文夜夢見之十有五年乃克見公公爲拊掌歡笑改容此我輩人餘子莫群我老將休付子斯文再拜稽首過矣公言雖知其過不

敢不勉契闊艱難見公汝陰多士方譁而我獨南公曰子來實獲我心我所謂文必與道俱見利而遷則非我徒又拜稽首有死無易公雖云亡言如皎日元祐之初起自南遷叔季在朝如見公顔入拜夫人羅列諸孫敢以中子請婚叔氏夫人曰然師友之義凡二十年再升公堂深衣廟門垂涕失聲白髮蒼顔復見潁人潁人思公曰此門生雖無以報不辱其門清潁洋洋東注于淮我懷先生豈有涯哉尚饗

同前　　蘇文定公轍

維年月日具官蘇轍謹以清酌庶羞之奠致祭于故

觀文少師贈太師九丈之靈嗚呼嘉祐之初公在翰林維時先君處于西南世所莫知隱居之深作書號公曰是知予公應嗟然我明子心吾於天下交遊如林有如斯文見所未曾先君來東實始識公傾蓋之歡故舊莫隆遍出所爲歎息改容歷告在位莫此蔽蒙報國以士古人之忠公不妄言其重鼎鍾厥聲四馳靡然向風嗟維此時文律頹毁奇邪譎怪不可告止剽剥珠貝綴飾耳鼻調和椒薑毒病唇齒咀嚼荆棘斥棄羹胾號兹古文不自愧耻公爲宗伯思復正始狂詞怪論見者投棄踽踽元昆與轍皆來皆試於

庭羽翼病摧有鑒在上無所事媒馳詞數千適當公懷擢之衆中群疑相逐公恬不驚衆惑徐開滔滔狂瀾中道而回匪公之明化爲詖俳公德日隆歷蹈二府轍方在艱撫視逾素納銘幽宅德逮存故終喪而還公以勞去公年未衰屢告遲暮自亳徂青迄蔡而許來歸汝陰嘯傲環堵轍官在陳於潁則鄰拜公門下笑言歡欣杯酒相屬圖史紛紜辯論不衰志氣益振有如斯人而止斯耶書來告衰情懷酸辛報不及至凶訃遄臻嗚呼公之於文雲漢之光昭回洞達無有采章學者所仰以充嚮方知者不惑昧者不狂公

之在朝以直自遂排斥姦回罔有劇易後來相承敢
隤故事雖庸無知亦或勉勵此風之行逾三十年朝
廷尊嚴庶士多賢伊誰云從公導其先自公之歸忽
焉變遷又誰使然要歸諸天天之生物各維其時朝
暘薰風春夏是宜凍雨急雪匪寒不施時去不返雖
彊莫違矧惟斯人而不有時時既往矣公亦逝矣老
成云亡邦國瘁矣無爲爲善善者廢矣時實使然我
誰懟矣哭公於堂維其悲矣嗚呼哀哉尚饗

行狀　　　　　　　　　　吳正憲公充

故推誠保德崇仁翊戴功臣觀文殿學士特進太子

少師致仕上柱國樂安郡開國公食邑四千三百戶食實封一千二百戶贈太子太師歐陽公行狀

曾祖郴累贈金紫光禄大夫太師中書令

祖偃累贈金紫光禄大夫太師中書令兼尚書令

父觀皇任泰州軍事判官累贈金紫光禄大夫太師中書令兼尚書令追封鄭國公

本貫吉州永豐縣明德鄉年六十六

歐陽氏之先本出於夏禹之苗裔少康封其庶子于會稽以奉禹祀歷夏商周以世相傳至越王勾踐傳五世至王無疆爲楚威王所滅諸子皆受封于楚而

無疆之子蹄封於歐餘山之陽是爲歐陽亭侯子孫遂以爲氏後稍北徙青之千乘冀之渤海千乘之顯者曰生字和伯以經爲漢博士所謂歐陽尚書者是也渤海之顯者曰建字堅石所謂渤海赫赫歐陽堅石者是也詢通父子顯于唐自通三世生琮爲吉州刺史又八世生萬爲吉州安福令後世或居安福或居廬陵安福之六世孫卽公曾祖也生八男曰儀者中南唐進士第父母皆在鄉里榮之命其鄉曰儒林里曰歐桂坊曰具慶皇祖而下始居吉水至和中析吉水爲永豐今爲永豐人矣曾祖仕南唐爲武昌令

檢校右散騎常侍兼御史大夫性孝友鄉里稱之累贈金紫光禄大夫太師中書令曾祖妣劉氏追封楚國太夫人皇祖少以文學稱獻所爲文南唐召試爲南京街院判官累贈金紫光禄大夫太師中書令兼尚書令祖妣李氏累封吴國太夫人皇考少孤力學咸平中進士及第天性仁孝居官決獄主於平恕哀矜終於泰州軍事判官累贈金紫光禄大夫太師中書令兼尚書令追封鄭國公妣鄭氏累封韓國太夫人皇考之捐館舍公纔四歲太夫人守節自誓而教公以讀書爲文及公成人太夫人自力衣食不以家

事累公使專務為學及見公之身名偕顯而夫人壽考康寧為善之報豈虛也哉公諱脩字永叔天聖中進士甲科補西京留守推官用王文康公薦召試遷鎮南軍節度掌書記館閣校勘以書責諫官不論事諫官以聞謫峽州夷陵縣令從光化軍乾德令改武成軍節度判官范文正公經略陝西辟掌書記辭不就儀遷太子中允館閣校勘方修禮書命權同知太常禮院辭不受預修崇文總目成改集賢校理遂知太常禮院請補外通判滑州召以為太常丞知諫院賜緋衣銀魚未幾同修起居注閱月拜右正言知制

誥賜三品服出使河東還改龍圖閣直學士河北都轉運按察使左遷知制誥知滁州改起居舍人知揚州徙知潁州復龍圖閣直學士知應天府兼南京留守司歷尚書禮部吏部郎中丁韓國太夫人憂服除判吏部流内銓入翰林爲學士加史館修撰勾當三班院請郡改侍讀學士知蔡州留不行判太常寺兼禮儀事權知禮部貢舉拜右諫議大夫判尚書禮部又判秘閣秘書省加侍讀辭不受同修玉牒兼龍圖閣學士權知開封府以給事中罷同提舉在京諸司庫務改羣牧使唐書成拜禮部侍郎兼侍讀學士嘉

祐五年以本官爲樞密副使明年閏八月參知政事兼譯經潤文歷户部吏部二侍郎皆參大政進拜左丞出爲觀文殿學士刑部尚書知亳州熙寧初遷兵部尚書知青州京東東路安撫使除檢校太保宣徽南院使判太原府河東路經略安撫監牧使兼弁代澤潞麟府嵐石路兵馬都總管三辭不受徙知蔡州熙寧四年六月以觀文殿學士太子少師致仕階特進勳上柱國食邑四千三百户食實封一千二百户明年閏七月二十三日薨于汝陰之私第天子聞之震悼爲之一日不視垂拱朝贈太子太師邮孫法賻

皆從加等公爲人剛正質直閎廓未嘗屑屑於事見義敢爲患害在前直往不顧用是數至困逐及復振起終不改其操眞豪傑之士哉居三朝數十年間以文章道德爲一世學者宗師接人待物誠信樂易不爲表襮諸生進者與之抗聲極談簡直明辯至於貴顯終始如一見者莫不愛服而天資高遠常人自不能與之合公待之一也有所稱薦姑取其一善後或毀公於朝遇其人或其家厄且困必力振之曰吾行已不以喜怒私也於經術務究大本其所發明簡易明白其論詩曰察其美刺知其善惡以爲勸戒所謂

聖人之志者本也因其失傳而妄自為之說者經師之末也今夫學者得其本而通其末斯善矣得其本而不通其末闕其所疑可也不求異於諸儒嘗曰先儒於經不能無失而所得固多矣盡其說而理有不通然後得以論正予非好為異論也其於詩易多所發明為詩本義所改正百餘篇其餘則曰毛鄭之說是矣復何云乎公幼孤家貧無資太夫人以荻畫地教以字書稍長從閭里借書讀或手抄之抄未畢而成誦公之舉進士學者方為時文號四六公就視之曰此不足為然切於養勉為之而人亦不能及故屢

試有司皆第一名聲籍甚及景祐中與尹師魯皆爲古學已而有詔戒天下學者爲文使近古學者盡爲古文獨公古文既行世以爲模範自兩漢後五六百年有韓愈愈之後又數百年而公繼出李翱皇甫湜柳宗元之徒不足多也蓋公之文備衆體變化開闔因物命意各極其工其得意處雖退之未能過筆札精勁自成一家當世士大夫有得數十字皆藏以爲寶生平以奬進人材爲己任一時賢士大夫雖潛晦不爲人知者必延譽慰薦極其力而後已後進之士一爲公所稱遂爲聞人篤於朋友尹師魯梅聖俞孫

明復皆貧甚既卒公力為經紀其家表其孤於朝悉録以官他嘗所與厚者未嘗遺也公既書責諫官以申范文正坐謫夷陵而尹洙余靖亦連貶蔡君謨為四賢詩世傳之及范公之使陜西辟公偕往朝廷從之時天下久無事一旦西陲用兵士之負材能者皆欲因時有所施設而范公望臨一時好賢下士故士之樂從者衆公獨歎曰吾初論范公事豈以為己利哉同其退不同其進可也卒辭焉慶曆初公方登朝數論天下事為策以揣敵情及指陳利害甚衆既而有詔百官上封事公又上疏言三弊五事力陳當時

之所宜憂者仁宗增諫官員首預其選是時西師久
京東西盜賊羣起中外騷然仁宗既進退大臣欲遂
改更諸事公感激恩遇知無不言時范文正公杜正
獻公今司徒韓公司空富公皆輔政公屢請召對咨
訪責以所爲既而仁宗降手詔出六條虛心以待後
遂下詔勸農桑興學校多所更革小人不悦一時知
名士見謂爲黨人矣公爲朋黨議以進見集中温成
后方有寵公言前世女寵之戒請加裁損■王鞏議
者以國用不足請待豐年以葬公言士大夫家有所
待而侈不如及時薄葬况天子叔邪且非所以示四

方也卒從公議澧州進柿木成文有太平之道字公
言今四海騷然未見太平之象又太平之道其意可
推自古帝王致之皆有道得道則太平失道則危亂
今見其失未見其得願陛下憂勤萬務漸期致理其
瑞木請不宣示于外淮南轉運使呂紹寧到任進羨
餘錢十萬貫公請拒而不受以防刻剝陝西用兵之
後河東困弊芻糧不足言者請廢麟州或請移於合
河津或請廢五寨公既使河外爲四議以較麟州利
害請移兵就食於瀕河清塞堡緩急不失應援而平
時可省餽運麟州得不廢又建言忻代岢嵐火山四

州軍沿邊有禁地棄而不耕人戶私糴北界斛斗入中以爲邊儲今若耕之每年可得數百萬石以實邊朝廷從之大爲河東之利自西事後河東賦斂重而民貧道路嗟怨公奏（一作表）罷數千事以寬民力公自河東還會保州兵叛遂出爲河北都轉運使保州卒既降大將李昭亮私納婦女通判馮博文等竊傚之公發其姦下博文獄昭亮惶恐立出之自保州之變河北兵驕小不如意即謀爲亂人情務在姑息公乞假將帥權事從鎮重以銷未萌河北卒無事保塞之脅從者二千餘人分隸河北宣撫使恐復生變欲以

便宜悉誅之公權知成德軍遇之於內黄宣撫使夜半屏人以告公公曰禍莫大於殺降昨保州叛卒朝廷許以不死今戮之矣此曹本以脅從故得脱奈何一旦殺無辜二千人且非朝旨若諸郡不肯從緩之必生變是趣其爲亂也且某至鎮州必不從命遂止公在河北奏置御河催綱司通糧運邉州賴之置都作院於磁相二州以繕戎器仁宗遇公厚嘗論及當世人材目公曰如歐陽某者豈易得哉常欲大用而未果及使河北陛辭日上面諭曰無爲久居計有事言來公對以諫官得風聞今在外使事有指越職罪

也況不得其實邪上曰有事第以聞勿以中外爲辭及黨論大起公極言請加明辨勢益危初公妹適張龜正龜正無子有女非歐出也妹既㾜無所歸以孤女偕來及笄以嫁宗人晟張氏後以他事下獄小人欲并中公乃摭張氏貲產事窮治久之卒無有猶貶滁上公丁太夫人憂既免喪入見仁宗惻然怪公髮白問在外幾年今年幾何恩意甚至命判流内銓小人恐公且復用僞爲公奏乞汰内臣跡傳之中外官者人人切齒内官楊永德陰以言中公出知同州而外議不平論救者衆上尋開悟故馮翊之命卒不行

公在侍從八年多所闓益初河決澶淵陳恭公爲相欲塞商胡開横壠故道公言功大恐不可成徒勞人未幾陳罷去新宰相復用李仲昌議欲開六塔河公言六塔不能吞伏且復決再爭之不得既而果然濱德博數千里大被其害仲昌等得罪流貶至和初公奉使契丹契丹使其貴臣惕隱及北宰相蕭知足等來押宴曰非常例也以公名重故爾其爲外夷所畏如此公在翰林仁宗一日乘間見御閣春帖子讀而愛之左右曰學士歐陽某之辭也乃悉取宫中帖閱之見其篇篇有意歎曰舉筆不忘規

諫真侍從之臣也每學士院進文字必曰何人當直
至公之筆必詳覽之每加歎賞嘉祐初公知貢舉時
舉者爲文以新奇相尚文體大壞公深革其弊前以
怪僻在高第者黜之幾盡務求平澹典要士人初怨
怒罵譏中稍信服已而文格遂變而復正者公之力
也公之尹京承包孝肅公之後包以威嚴爲治公一
切循理不事風采或以爲言公曰人材性各有短長
今捨所長彊其所短以徇俗求譽我不能也至寵貴
犯禁令又求苟免者必寘於法雖詔命有所不從且
請加本罪二等至今行之由公奏請也公在樞密與

今侍中曾魯公悉力振舉紀綱革去宿弊考天下兵數及三路屯戍多少地理遠近更爲圖籍之法邊防久闕屯守者大加蒐補數月之間機務浸理嘗因嘉祐水災凡再上疏請選立皇子以固天下根本言甚激切及在政府遂與諸公協定大議而先帝力辭宗正之命公進曰宗室不領職事忽有此除天下皆知陛下將儲以爲嗣（一作以爲儲嗣）不若遂正其名且判宗正寺誥勑付閤門得以不受今立爲皇子止消一詔書事定矣仁宗以爲然遂下詔及先帝初年未親政事慈壽垂簾公與諸公往來兩宮鎮撫內外而危言密

議忠力爲多至先帝親御萬機内外肅然每諸公聚議事有未可公未甞不力諍臺諫官至政事堂論事往往面折其短英宗甞面稱公曰性直不避衆怨甞稱故相王沂公之言曰恩欲歸己怨使誰當且曰貧賤常思富貴富貴必履危機此古人之所歎也惟不思而得既得而不患失之者其庶幾乎及彭思永蔣之奇等以飛語汙公公杜門請付有司治之上連詔詰問所從來二人辭窮悉逐之上親遣中貴人手詔慰安公遂稱疾力解機務自嘉祐以後朝廷務惜名器而進人之路稍狹公屢建言館閣育材之地材既

難得而又難知則當博採而多畜之時冀一得於其間則傑然出爲名臣矣餘亦不失爲佳士也遂詔二府各舉五人其後中選者往往在清近朝廷稍收其用矣京師百司所行兵民官吏財用之類皆無總數中書一有行移則下有司纂集公因暇日盡以中書所當知者集爲總目上有所問宰相以總目爲對公以祀假家居上遣中貴人就中書閣取而閱之連典劇郡以鎮靜爲本不求赫赫名舉大體而已民便安之滁揚二州生爲之立祠公在亳年甫六十表致仕者六不從至蔡而請益堅卒不能奪公志其勇退如

此公平生於物少所好獨好收畜古文圖書集三代以來金石銘刻爲一千卷以校正史傳百家訛繆之說爲多晚年自號六一居士曰吾集古録一千卷藏書一萬卷有琴一張有棊一局而常置酒一壺吾老於其閒是爲六一自爲傳以刻石嘗被詔撰唐書紀十卷志五十卷表十五卷又自撰五代史七十四卷其爲紀一用春秋法於唐禮樂志明前世禮樂之本出於一而後世禮樂爲空名五行志不書事應盡破漢儒菑異附會之說其論著類此五代史辭約而事備及正前史之失爲多公之薨上命學士爲詔求書

於其家方繕寫進御嘗著易童子問三卷詩本義十四卷居士集五十卷歸榮集一卷外制集三卷内制集八卷奏議集十八卷四六集七卷集古録跋尾十卷雜著述十九卷諸子集以爲家書總目八卷其遺（一作餘）逸不録者尚數百篇别爲編集而未及成公初娶胥氏翰林學士贈吏部侍郎偃之女繼室楊氏集賢院學士諫議大夫大雅之女今夫人薛氏資政殿學士户部侍郎贈太尉簡肅公奎之女累封仁壽郡夫人男八人女三人長女師蚤卒次發光禄寺丞次女蚤卒次奕光禄寺丞次棐大理評事次棐蚤卒次

辯光祿寺丞次三男皆蚤卒次女封樂壽縣君蚤卒
孫男四人曰懋曰憲曰恕曰愬皆以公恩試祕書省
校書郎孫女六人皆幼將以熙寧八年九月二十六
日葬公於開封府新鄭縣旌賢鄉之原謹狀

熙寧六年七月　日樞密副使正奉大夫行右諫
議大夫上柱國賜紫金魚袋吳充狀

謚誥

省司準勑定謚據本家發到故推誠保德崇仁翊戴
功臣觀文殿學士特進太子少師致仕上柱國樂安
郡開國公食邑四千三百戶食實封一千二百戶贈

太子太師歐陽某行狀依例牒太常禮院擬謚今準
回牒連到議狀謚曰文忠
宣德郎守太常丞充集賢校理同知太常禮院李清
臣
太子太師歐陽公歸老于其家以疾不起將葬行
狀上尚書省移太常請謚太常合議曰公維聖宋
賢臣一世學者之所師法明于道德見于文章究
覽六經羣史諸子百氏馳騁貫穿述作數十百萬
言以傳先王之遺意其文卓然自成一家比司馬
遷揚雄韓愈無所不及而有過之者方天下溺於

末習爲章句聲律之時閻公之風一變爲古文咸知趨尚根本使朝廷文明不愧于三代漢唐者太師之功于教化治道爲最多如太師真可謂文矣博士李清臣得其議則閱讀行狀考按謚法曰唐韓愈李翱權德輿孫逖本朝楊億皆謚文太師固宜以文謚吏持衆議白太常官長官長有曰文則信然不復易也然公平生好諫諍當加獻爲文獻無已則加忠爲文忠衆相視曰其如何則又合言曰忠亦太師之大節太師嘗參天下政事進言仁宗乞早下詔立皇子使有明名定分以安人心及

英宗繼體今上即皇帝位兩預定策翊戴有安
社稷功和裕内外周旋兩宫間迄于英宗之視政
蓋太師天性正直心誠洞達明白無所欺隱不肯
曲意順俗以自求便安好論列是非分别賢不肖
不避人之怨誹狙嫉忘身殉危以爲朝廷立事按
諡法道德博聞曰文廉方公正曰忠今加忠以麗
文宜爲當衆以狀授清臣爲諡議清臣曰不敢於
文而傳之以忠議者之盡也清臣其敢不從遂諡
文忠謹議

朝奉郎守尚書工部郎中充祕閣校理直舍人院兼

同修起居注權判吏部流内銓騎都尉賜緋魚袋錢藻宣德郎守尚書刑部員外郎充集賢校理兼同修起居注權同判吏部流内銓騎都尉賜緋魚袋賈十伏準太常禮院謚議如前

天下文物繁盛之極學士大夫競夫鎪刻組繪日益靡靡以汩没於倬詭魁殊之説而不復知淳古之爲正也於是時天下曰是太師曰非天下以爲韙太師以爲陋學士大夫磨牙淬爪争相出力以致之危害太師不之顧曰我道堯舜也我言孔子孟軻也而天下不我從將焉往然卒由太師而一

歸於醇正故仁義之言其華曄然獨輝灼乎一代之盛遠出二京之上嗚虖嬍哉大丈夫束帶立夫人之朝所以大過人者大節立焉不齪齪小節以求曲全可也彿衆慮彊君以難是爲大節不徇世俗之論而先識以制未形是爲大節太師當嘉祐之間協議建儲正名挈天下之疑而泮之萬世因而若維太山而安不危斯之謂大節謚法道德博聞曰文廉方公正曰忠生平論譔文章務明堯舜孔孟之教於已壞之後可謂道德博聞矣排左右持禄取容之慮特建萬世無窮之策而自不以爲

功可謂廉方公正矣太常易名曰文忠庶乎天下

有以知公議之不能泯也

省司準例於都亭驛集合省官同參詳皆協令式

請有司準例施行謹詳定訖遂具狀申中書門下取

裁奉宰臣判準申謹具狀奏聞伏候勑旨

尚書都省

宋故推誠保德崇仁翊戴功臣觀文殿學士特進太

子少師致仕上柱國樂安郡開國公食邑四千三

百戶食實封一千二百戶贈太子太師歐陽脩謚

曰文忠

附録卷第一

曾舍人祭文 甄拔寒素[illegible]維公平生（五句一本止作德信天資）志氣（元豐類稾作氣志）

行狀 而夫人壽考康寧（而字下一有太字）

謚誥 則又合言曰（言字一作議其下又有文獻豐犯廟諱固不可大學）

附録卷第二

墓誌銘 神道碑

墓誌銘 并序

宋故推誠保德崇仁翊戴功臣觀文殿學士特進太子少師致仕上柱國樂安郡開國公食邑四千三百戸食實封一千二百戸贈太子太師文忠歐陽公墓誌銘 并序

淮南節度觀察處置等使開府儀同三司守司徒檢校太師兼侍中判相州軍州事上柱國魏國公韓琦撰

朝散大夫右諫議大夫充集賢院學士史館修撰
權判尚書都省判祕閣提舉醴泉觀公事上護軍
賜紫金魚袋宋敏求書
翰林侍讀學士龍圖閣學士朝散大夫尚書吏部
郎中知河陽軍州事兼管内勸農使上護軍賜紫
金魚袋韓維題蓋
熙寧五年閏七月二十三日觀文殿學士太子少師
致仕歐陽公薨于汝陰之私第年六十六上聞震怛
不視朝贈公太子太師太常謚曰文忠卹後加賻不
與常比天下正人節士知公之亡罔不駭然相弔痛

失依仰其孤寺丞君乃以樞密副使吴公所次功緒并致治命以墓銘爲請竊惟當世能文之士比比出公門下不屬于彼而獨以見屬豈公素諒其愚謂能直筆足信後世邪此其敢辭公諱脩字永叔唐太子率更令詢四世孫琮嘗爲吉州刺史又八世生萬復爲吉之安福令子孫因家焉曾祖諱郴安福六世孫也孝悌之行鄉里師服仕南唐爲武昌令累贈太師中書令曾祖妣劉氏追封楚國太夫人祖諱偃彊學善屬文南唐時獻所爲文十餘萬言召試補南京街院判官累贈太師中書令兼尚書令祖妣李氏追封

吴國太夫人父諱觀性至孝力學咸平中擢進士第當官明而尚恕每決重辟尤加審慎苟理有可脫必平反之終泰州軍事判官累贈太師中書令兼尚書令追封鄭國公自公祖始徙居吉水後吉水析爲永豐今爲永豐人公四歲而孤母韓國太夫人鄭氏守志不奪家雖貧力自營贍教公爲學公亦天資警絶經目一覽則能誦記爲文下筆出人意表及冠聲聞卓然天聖中舉進士凡兩試國子監一試禮部皆爲第一遂崇政試雖中甲科人猶以不魁多士爲恨初補西京留守推官洛尹文康王公知非常才歸薦于

朝景祐初召試遷鎮南軍節度掌書記館閣校勘時
文正范公權尹京邑以直道自進每因奏事必陳時
政得失大忤宰相意斥守饒州諫官不敢言公貽書
責之坐貶峽州夷陵令余安道尹師魯繼上書直范
公復被逐當時天下以四賢稱之俄徙光化軍乾德
令改武成軍節度判官康定初召還復館閣校勘遷
太子中允預修崇文總目成改集賢校理同知太常
禮院請外補通判滑州事慶曆初仁宗御天下久閔
悉時弊重以西師未解思欲整齊衆治以完太平登
進輔臣必取人望收用端鯁以增諫員公首被其選

擢太常丞知諫院事賜五品服未幾同修起居注公

素禀忠義遭時遇主內任言責無所顧忌横身正路

風節凜然時正獻杜公文正范公今司空富公皆在

二府公每勸上乘間延見推誠諮訪上後開天章閣

屢召諸公詢究治本長策大議稍稍施用（一作行）紀綱

日舉僥倖頓絕小人始大不喜相與巧詆必期破壞

公常極力左右之俄拜右正言知制誥賜三品服大

臣有建白請廢麟州徙其治於合河津以省餽餉者

命公親往相視使回奏曰麟州天險正據要害不可

廢第減其兵駐並河諸堡有警呼集數舍之近爾兵

旣減糧自不乏詔從之又奏忻代州岢嵐火山軍並邊民田始潘美爲帥患虜時入寇徙其民以空之遂號禁地自景德通好我雖循舊而虜人盗耕不已請募民計頃出丁爲兵量入租粟以耕之歲可得數百萬斛邊用給矣不然他日必盡爲虜人所有時并帥耻謀不自已沮撓久之其後卒如公請凡賦歛過重民所不堪者又奏罷十數事疲俗以安四年秋北虜盛兵雲州聲言西討朝廷疑其有謀議選文武材臣密爲經畫二府請輟公以往即以公爲龍圖閣直學士河北都轉運使公至則區别一作分官吏使能者盡

力均徙財用而邊計有餘奏廣御河漕運造鏁栿船以絶侵盜置都作院于磁相州一道兵械悉仰給焉方條列北方利病欲大爲措置會文正范公與同時入輔者終爲讒説所勝相繼罷去一時進用者皆指之爲黨公復慨然上書極言論救執政與其朋益怒恊力擠之初公有妹適張龜正龜正亡無子妹挈前室所生孫女以歸及笄公爲選宗人晟以嫁之會張氏以失行繫獄言者乘此欲并中公復据張氏貲產事遂興詔獄窮治上爲命内臣監勀卒辨其誣猶降授知制誥知滁州事執政意不快擿勘官與監勀内

臣細故皆被責八年春就改起居舍人知揚州事踰年徙知潁州事皇祐初復龍圖閣直學士二年秋移知應天府兼南京留守司事歷尚書禮部吏部郎中丁太夫人憂去職服除入見上怪公須髮盡白惻然存撫恩意甚厚命判吏部流内銓素忌公者恐將大用乃僞爲公疏請汰内臣以激衆怒有選人胡宗堯者當引對改官前任本州嘗以官舟假人已而經赦去官止得循資公與判南曹官對曰取旨上欣然令改官宦者楊永德密奏曰宗堯翰林學士宿之子有司援救之私也遂出公知同州事物論（一作議）不平上

亟開悟留公刋修唐書俄入翰林爲學士史館修撰勾當三班院至和二年夏請郡改侍讀學士知蔡州事留不行復除翰林學士判太常寺兼禮儀事遷右諫議大夫嘉祐三年夏兼龍圖閣學士權知開封府事前尹孝肅包公一作包孝肅公以威嚴得名都下震恐而公動必循理不求赫赫之譽或以少風采爲言公曰人材性各有短長吾之長止于此惡可勉其所短以徇人耶既而京師亦治四年春請罷府事改給事中充羣牧使唐書成拜禮部侍郎俄兼翰林侍讀學士五年冬以本官爲樞密副使明年秋參知政事英宗

登極，遷戶部侍郎。治平初，特轉吏部侍郎。今上嗣位，改尚書左丞。公自處二府，益思報稱，毅然守正，不為富貴易節。凡大謀議、大利害，與同官論辨，或在上前，必區判（一作別）是否，未嘗少有回屈。文武之士陳請百端，公常委曲開諭，曰某事可行，某事不可行，用是人多怨誹。至于臺諫官論事有不中理者，往往正色折之，其徒尤切齒，日欲求疵合攻，公自視無他，不恤也。始（一無此字）英廟（一作宗）踐祚，按祖宗舊典，皇族尊屬之亡者皆贈官改封。濮安懿王，英廟所生父也，中書以本朝未有故事，請付有司詳處（一作書）其當。上議蔡慎重命過仁廟大祥下禮院與兩制官同議如期詔下衆乃言王當稱伯改封大國中書以所生父稱伯疑無經據者再下三省議上遽令權罷俾有司徐求典故事，又不行臺官挾憤不已遂持此斥公爲主議上章歷詆必請議定及以朝廷未嘗議及之事肆爲誣説欲惑衆聽又相率納告身以示必去上數敦諭知不可留各以本官補外後來者以風憲不勝爲恥窺伺愈急今上即位初御史蔣之奇者乃造無根之言（一作語）欲以汙公中丞彭思永秉虛助之公退伏私居力請公辨上照其誣罔連詔詰問二人者辭窮皆坐貶公遂懇辭柄任上不得已除公觀文殿學士刑部尚書知亳州事熙寧元年秋遷兵部尚書知青州事充京東東路安撫使時散青苗錢法初行衆議皆言不便朝廷既申告誡公猶請除去二分之息令民止納本錢明不取利又請先罷提舉管勾官然後可以責州縣不得抑配不報三年夏除檢校太保宣徽南院使判太原府河東路經略安撫使公累上章辭丐易蔡州大略以久疾昏耗不任重寄復曰時多喜新奇而臣思守拙衆方興功利而臣欲循常執政知終不附已俄詔聽以舊官知蔡州事公在亳已六上章請

致政上眷惜之不允至蔡踰年復申前請志益堅確上察其誠命優改官致仕年方六十有五天下士大夫聞公勇退無不驚歎云近古所無也公天資剛勁見義敢爲襟懷洞然無有城府常以平心爲難故未嘗挾私以爲喜怒獎進人物樂善不倦一長之得力爲稱薦故賞識之下率爲聞人惟視姦邪嫉若仇敵直前奮擊不問權貴後雖陰被讒逐公以道自處怡怡如也平生篤于朋友如尹師魯梅聖俞孫明復既卒其家貧甚公力經營之使皆得以自給又表其孤于朝悉録以官自唐室之衰文體隳而不振陵夷至

于五代氣益卑弱國初柳公仲塗一時大儒以古道興起之學者卒不從景祐初公與尹師魯專以古文相尚而公得之自然非學所至超然獨騖衆莫能及譬夫天地之妙造化萬物動者植者無細與大不見痕跡自極其（於一作）工於是文風一變時人競爲模範自漢司馬遷没幾千年而唐韓愈出愈之後又數百年而公始繼之氣燄相薄莫較高下何其盛哉所治經術務究大本嘗以先儒於經所得多矣而不能無失惟其説或有未通公始爲辨正不過求聖人之意以立異論嘉祐初權知貢舉時舉者務爲險怪之語

號太學體公一切黜去取其平澹造理者即預奏名初雖怨讟紛紜而文格終以復古者公之力也筆翰遒勁自成一家人有得其片幅必寶藏之歷典大郡以鎮静爲本明不至（一作及）察寛不至縱吏民受賜既去追思不已滁揚二州皆立生祠嘗奉使契丹其主必遣貴臣押宴出于常例且謂公曰以公名重故爾其爲外夷欽服如此至和中陳恭公爲相欲塞商胡決河使歸横壠故道公言横壠地已高仰功大不可爲未幾陳罷去有李仲昌者乃議道商胡水入六塔河公復上言六塔素隘狹不能容大河若爲之必潰

決害愈甚時執政是仲昌議又不用公言後六塔隄果壞不成自博以下數州皆被水患衆服公先識在侍從八年竭誠補益前後上言百餘事仁宗嘗曰如歐陽某者何處得來故其言多所聽納因嘉祐水災凡兩上疏請選立皇子以固根本及在政府遂與諸公參定大議方英廟過自謙退未即承命事久未決衆甚危之公協心開助忠力爲多及即位之初感疾未能聽覽一作斷 慈壽預政事出權宜公與諸公往來兩宮鎮安内外卒復明辟人無閒言嘗被詔撰唐書紀十卷志五十卷表十五卷又自撰五代史七十四

卷易童子問三卷詩本義十四卷居士集五十卷歸
榮集一卷外制集三卷内制集八卷奏議十八卷四
六集七卷集古録跋尾十卷雜著十九卷公於物無
他玩好獨好收古文圖書集三代以來金石銘刻爲
一千卷用以校正傳記訛繆人得不疑晚年自號六
一居士曰吾集古録一千卷藏書一萬卷有琴一張
有棊一局常置酒一壷吾老于其間是爲六一因自
爲傳以志之初娶胥氏翰林學士偃之女繼室楊氏
集賢院學士諫議大夫大雅之女今夫人薛氏資政
殿學士户部侍郎簡肅公奎之女累封仁壽郡夫人

男八人長發次奕光祿寺丞次棐大理評事次辯光祿寺丞餘皆早卒女三人皆早卒孫男四人曰愻曰憲曰恕曰愬皆以公恩試秘書省校書郎孫女六人皆幼熙寧八年九月庚申朔二十六日乙酉諸孫奉公之喪葬于開封府新鄭縣旌賢鄉之原銘曰

噫公之節　其剛烈烈　弼違斥姦　義不可折
噫公之文　天資不群　光輝古今　左右典墳
直道而行　屢以讒蹶　卒寤而知　惟帝之哲
升贊機務　方隅以寧　參議宰政　社稷是經
成此王功　大忠以効　德高毀及　退不吾較

公之來歸　旣安且怡　宜報以壽　戾也胡爲
公文在人　公迹在史　茲惟不窮　亘千萬祀

神道碑　蘇文定公

熙寧五年秋七月觀文殿學士太子少師致仕一無此十字歐陽文忠公薨于汝陰八年秋九月諸子奉公之喪葬于新鄭旌賢鄉自葬至崇寧五年凡三十有二年矣公子棐以墓隧之碑來請轍方以罪廢于家且病不能執筆辭不獲命乃曰病苟不死當如君志旣而病已謹桉歐陽氏自唐率更令之四世孫琮爲吉州刺史後世因家于吉曾祖諱郴南唐武昌令贈太

師中書令妣劉氏追封楚國太夫人祖諱偃南唐南京街院判官贈太師中書令兼尚書令妣李氏追封吴國太夫人考諱觀泰州軍事推官贈太師中書令兼尚書令封鄭國公妣鄭氏追封韓國太夫人公諱脩字永叔生四歲而孤韓國守節自誓親教公讀書家貧至以荻畫地學書公敏悟過人所覽輒能誦比成人將舉進士爲一時偶儷之文已絶出倫輩翰林學士胥公時在漢陽見而奇之曰子必有名於世館之門下公從之京師兩試國子監一試禮部皆第一人遂中甲科補西京留守推官始從尹師魯遊爲古

文議論當世事迭相師友與梅聖俞遊爲歌詩相倡和遂以文章名冠天下留守王文康公知其賢還朝薦之景祐初召試遷鎮南軍節度掌書記館閣校勘時范文正公知開封府每進見輒論時政得失宰相惡之斥守饒州公見諫官高若訥若訥詆誚范公以爲當黜公爲書責之坐貶峽州夷陵令明年移乾德令復爲武成軍節度判官康定初范公起爲陜西經略招討安撫使辟公掌書記公笑曰吾論范公豈以爲利哉同其退不同其進可也辭不就召還復校勘遷太子中允與修崇文總目慶曆初遷集賢校理同

知太常禮院求補外通判滑州事時西師未解契丹初復舊約京東西盜賊蜂起國用不給仁宗知朝臣不任事始登進范公及杜正獻公富文忠公韓忠獻公分列二府增諫員取敢言士公首被選以太常丞知諫院賜五品服未幾修起居注公每勸上延見諸公訪以政事上再出手詔使諸公條天下事又開天章閣召對賜坐給紙筆使具疏于前諸公惶恐退而上時所宜先者十數事於是有詔勸農桑興學校革磨勘任子等弊中外悚然而小人不便相與騰口謗之公知其必爲害常爲上分别邪正勸力行諸公之

言初范公之貶饒州公與尹師魯余安道皆以直范公見逐目之黨人自是朋黨之論起久而益熾公乃爲朋黨論以進言君子以同道爲朋小人以同利爲朋人君但當退小人之僞朋用君子之真朋其言懇惻詳盡其後諸公卒以黨議不得久留於朝公性疾惡論事無所回避小人視之如仇讎而公愈奮厲不顧上獨深知其忠改右正言知制誥賜三品服仍知諫院故事知制誥必試上知公之文有旨不試與近世楊文公陳文惠公比遠公三人而已嘗因奏事論及人物上目公曰如歐陽脩何處得來蓋欲大用而

未果也。四年，大臣有言河東芻粮不足，請廢麟州，徒治合河津；或請廢其五寨，命公往視利害。公曰：麟州天嶮，不可廢也。麟州廢則五寨不可守，五寨不守則府州遂爲孤壘。今五寨存，故虜在二三百里外；若五寨廢，則夾河皆虜巢穴，河内州縣皆不安居矣。不若分其兵駐并河清塞堡，緩急不失應副，而平時可省轉輸。由是麟州得不廢。又言：忻、代州、苛嵐、火山軍並邊民田廢不得耕，號爲禁地。吾雖不耕，而虜常盜耕之。若募民計口出丁爲兵，量入租粟以耕，歲可得數百萬斛。不然，他日且盡爲虜有。議下太原帥臣，以爲不便持之久之乃從凡河東賦歛過重民所不堪奏罷者十數事自河東還會保州兵亂又以公爲龍圖閣直學士河北都轉運使陛辭上面諭無爲久留計有所欲言言之公曰諫官得風聞言事外官越職而言罪也上曰第以聞勿以中外爲意河北諸軍怙亂驕恣小不如意輒脅持州郡公奏乞優假將帥以鎮壓士心軍中乃定初保州亂兵皆招以不死既而悉誅之脅從二千人亦分隸諸州富公爲宣撫使恐後生變與公相遇於内黄夜半屏人謀欲使諸州同日誅之公曰禍莫大於殺已降況脅從乎既非朝命州

郡有一不從爲變不細富公悟乃止公奏置御河催綱司以督粮餉邊州頼之又置磁相州都作院以繕一路戎器河北方小治而二府諸公相繼以黨議罷去公慨然上書論之用事者益怒會公之外甥女張嫁公族人晟以失行繫獄言事者乘此欲并中公遂起詔獄窮治張貲産上使中官監劾之卒辨其誣猶降官知滁州事居二年徙揚州又徙頴州遷禮部郎中復龍圖閣直學士留守南京遷吏部郎中丁韓國太夫人憂至和初服除入見鬚髪盡白上怪之問勞惻然恩意甚厚命判吏部流内銓小人畏公且大用

僞爲公奏乞澄汰宦官宦官聞之果怒會選人胡宗堯當改官坐嘗以官舟假人經赦去官法當循資公引對取旨上特令改官宦官有密奏者曰宗堯翰林學士宿之子有司右之私也遂出公知同州言者多謂公無罪上悟留判修唐書儀入翰林爲學士自滁州之貶至是十二年矣上臨御既久遍閱天下士羣臣未有以大稱上意上思富公韓公之賢復召寘二府時慶曆舊人惟二公與公三人皆在朝廷士大夫知上有致治之意翕然相慶公以學士判三班院二年奉使契丹契丹使其貴臣宗愿宗熙蕭知足蕭孝

友四人押燕曰此非常例以卿名重故爾嘉祐初判太常寺二年權知貢舉是時進士爲文以詭異相高文體大壞公患之所取率以詞義近古爲貴凡以嶮怪知名者黜去殆盡牓出怨謗紛然久之乃服然文章自是變而復古三年加龍圖閣學士權知開封府事所代包孝肅公以威嚴御下名震都邑公簡易循理不求赫赫之譽有以包公之政勵公者公曰凡人材性不一用其所長事無不舉強其所短勢必不逮吾亦任吾所長耳聞者稱善四年求罷遷給事中充羣牧使唐書成拜禮部侍郎俄兼翰林侍讀學士公

在翰林凡八年知無不言所言多聽河決商胡賈魏公留守北京欲開橫壠故道回河使東有李仲昌者欲道商胡入六塔河詔兩省臺諫集議公故奉使河北知河決根本以爲河水重濁理無不淤淤從下起下流既淤上流必決以水性避高決必趨下以近事驗之決河非不能力塞故道非不能力復但勢不能久必決於上流耳橫壠功大難成雖成必有復決之患六塔狹小不能容受大河以全河注之濱　德博必被其害不若因水所趨增治隄防疏其下流浚之入海則河無決溢散漫之憂數十年之利也陳恭公當

國主横壠之議，恭公罷去，而宰相復以仲昌之言爲
然，行之而敗，河北被害者凡數千里。狄武襄公爲樞
密使，奮自軍伍，多戰功，軍中服其威名。上不豫，諸軍
訛言籍籍。公言武臣掌機密而得軍情，不惟於國不
便，鮮不以爲身害，請出之外藩，以保其終始。遂罷，知
陳州。公嘗因水災上言：「陛下臨御三十餘年，而儲宫
未建，此久闕之典也。漢文帝即位，羣臣請立太子，羣
臣不自疑而敢請，文帝亦不疑其臣有二心。後唐明
宗尤惡人言太子事，然漢文帝立太子之後，享國長
久，爲漢太宗；明宗儲嗣不早定，而秦王以窺覦陷于

大禍後唐遂亂陛下何疑而久不定乎公言事不擇劇易類如此五年以本官爲樞密副使明年爲參知政事公在兵府與曾魯公考天下兵數及三路屯戍多少地里遠近更爲圖籍凡邊防久闕屯戍者必加蒐補其在政府凡兵民官吏財利之要中書所當知者集爲總目遇事不復求之有司時富公久以母憂去位公與韓公同心輔政每議事心所未可必力爭韓公亦闓懷不疑故嘉祐之政世多以爲得時東宮猶未定臣僚間有言者然皆不克行最後諫官司馬光知江州呂誨言之中書將因一作因將二疏以請幸上

有可意相與力贊之一日奏事垂拱讀二疏未及有言上曰朕有意久矣顧未得其人耳宗室中誰可者韓公對曰宗室不接外人臣等無由知之抑此事非臣下所敢議當出自聖斷上乃稱英宗舊名曰宮中嘗養此人今三十許歲矣惟此人可耳是日君臣定議於殿上將退公奏曰此事至大臣等未敢即行陛下今夕更思之來日取旨明日請之崇政上曰決無疑矣諸公皆曰事當有漸容臣等議所除官時英宗方居濮王憂遂議起復除秦州防禦使判宗正寺來日復對上大喜諸公奏曰此事既行不可中止乞陛

下斷之於心内批付臣等行之可也上曰此豈可使婦人知之中書行之足矣時六年十月也及命下英宗力辭上聽候服除七年二月英宗既免喪稱疾不出至七月韓公議曰宗正之命既出外人皆知必爲皇子矣今不若遂正其名使知愈退而愈進示朝廷不可回之意衆稱善乃以其累表上之上曰今當如何韓公未對公進曰宗室舊不領職事今有此命天下皆知陛下意矣然詔勅付閤門得以不受今若以爲皇子詔書一出而事定矣上以爲然遂下詔及宫車晏駕皇子嗣位海内泰然有磐石之固然後天下

皆詠歌仁宗之聖以及諸公之賢而向之黨議消釋無餘至於小人亦磨滅不見矣英宗即位之初以疾未親政慈聖光獻太后臨朝公與諸公往來二宫彌縫其間卒復明辟樞密使背閹人公當次補韓公曾公議將進擬不以告公公覺其意謂二公曰今天子諒陰母后垂簾而二三大臣自相位置何以示天下二公大服而止其後張康節公去位英宗復將用公公又力辭不拜公再辭重位諸公不喻其意而服其難八年遷户部侍郎治平初特遷吏部神宗即位遷尚書左丞公性剛直平生與人盡言無所隱及在二

府士大夫有所干請，輒面諭可否，雖臺諫論事，亦必以是非詰之，以此得怨，而公不卹也。朝廷議加濮王典禮，詔下禮官與從官定議，衆欲改封大國，稱伯父，議未下，臺官意公主此議，遂專以詆公，言者既以不勝補外，而來者持公愈急，御史蔣之奇并以飛語汙公，公杜門求辨其事，神宗察其誣，連詔詰問，詞窮，逐去。公亦堅求退，上知不可奪，除觀文殿學士、知亳州事。熙寧初，遷兵部尚書、知青州事，充京東東路安撫使。時諸路散青苗錢，公乞令民止納本錢，以示不爲利，罷提舉管勾官，聽民以願，請不報。三年，除檢校太保宣徽南院使判太原府河東路經略安撫使公辭求知蔡州從之公在亳已六請致仕比至蔡逾年復請四年以觀文殿學士太子少師致仕公年未及謝事天下益以高公公昔守潁上樂其風土因卜居焉及歸而居室未完處之怡然不以爲意公之在滁也自號醉翁作亭琅邪山以醉翁名之晚年又自號六一居士曰吾集古録一千卷藏書一萬卷有琴一張有棊一局而常置酒一壺吾老於其間是爲六一自爲傳刻石亦名其文曰居士集居潁一年而薨享年六十有六贈太子太師謚文忠天下學士聞之皆出

涕相弔後以諸子贈太師進封兖國公公之於文天材有餘豐約中度雍容俯仰不大聲色而義理自勝短章大論施無不可有欲效之不詭則俗不淫則陋終不可及是以獨步當世求之古人亦不可多得公於六經長於易詩春秋其所發明多古人所未見嘗奉詔撰唐本紀表志撰五代史二書本紀法嚴而詞約多取春秋遺意其表傳志考與遷固相上下凡爲易童子問三卷詩本義十四卷唐本紀表志七十五卷五代史七十四卷居士集五十卷外集若干卷歸榮集一卷外制集三卷内制集八卷奏議集十八卷

四六集七卷集古録跋尾十卷雜著述十九卷昔孔子生於衰周而識文武之道其稱曰文王既没文不在兹乎雖一時諸侯不能用功業不見於天下而其文卒不可揜孔子既没諸弟子如子貢子夏皆以文名於世數傳之後子思孟子孫卿並爲諸侯師秦人雖以塗炭遇之不能廢也及漢祖以干戈定亂紛紜未已而叔孫通陸賈之徒以詩書禮樂彌縫其闕矣其後賈誼董仲舒相繼而起則西漢之文後世莫能髣髴蓋孔氏之遺烈其所及者如此自漢以來更魏晉歷南北文弊極矣雖唐正觀開元之盛而文氣衰

弱燕許之流倔强其間卒不能振惟韓退之一變復
古闕其頽波東注之海遂復西漢之舊自退之以來
五代相承天下不知所以為文祖宗之治禮文法度
追迹漢唐而文章之士楊劉而已及公之文行於天
下乃復無愧於古於乎自孔子至今千數百年文章
廢而復興惟得二人焉大豈偶然也哉公篤於朋友
不以貴賤生死易意尹師魯石守道孫明復梅聖俞
既没皆經理其家或言之朝廷官其子弟尤獎進文
士一有所長必極口稱道惟恐人不知也公前後歷
七郡守其政察而不苛寬而不弛吏民安之滁揚之

人至為立生祠鄭公嘗有遺訓戒慎用死刑韓國以語公公終身行之以謂漢法惟殺人者死今法多雜犯死罪故死罪非殺人者多所平反蓋鄭公意也一本自公篤於朋友至鄭公意也一段在昔孔子生於衰周之前公初娶胥氏即翰林學士偃之女再娶楊氏集賢院學士大雅之女後娶薛氏資政殿學士簡肅公奎之女追封岐國太夫人男八人發故承議郎奭故光禄寺丞棐朝奉大夫辯故承議郎餘早亡孫男六人愻故臨邑縣尉憲通仕郎恕奉議郎愬故宣義郎愿懋皆將仕郎孫女七人皆適士族公之在翰林也先君文安先生以布衣隱

居鄉閭聞天子復用正人喜以書遺公公一見其文曰此孫卿子之書也及公考試禮部亡兄子瞻以進士試稠人中公與梅聖俞得其程文以爲異人是歲轍亦中下第公亦以謂不忝其家先君不幸捐館舍亡兄與轍皆流落不偶元祐初會於京師公家以公碑諉子瞻子瞻許焉既又至於大故轍之不敏以父兄故不敢復辭銘曰

於穆仁宗　有臣文忠　自儉而夷　保其初終

惟古君臣　終之實難　匪不用賢　有孽其間

公奮自南　聲被四方　允文且忠　有煒其光

上實闢之　下實柅之　三起三僨　誰實使之
僨而復全　惟天子明　克明克忠　乃卒有成
逮歲嘉祐　君臣一德　左右天造　民用飲食
舜禹相授　不改舊臣　白髮蒼顏　翼然在廷
功成而歸　維公本心　彼其何知　言恐不深
潁水之濆　甲第朱門　新鄭之壚　茂木高墳
野人指之　文忠之遺　忠臣不危　仁祖之思

附録卷第二

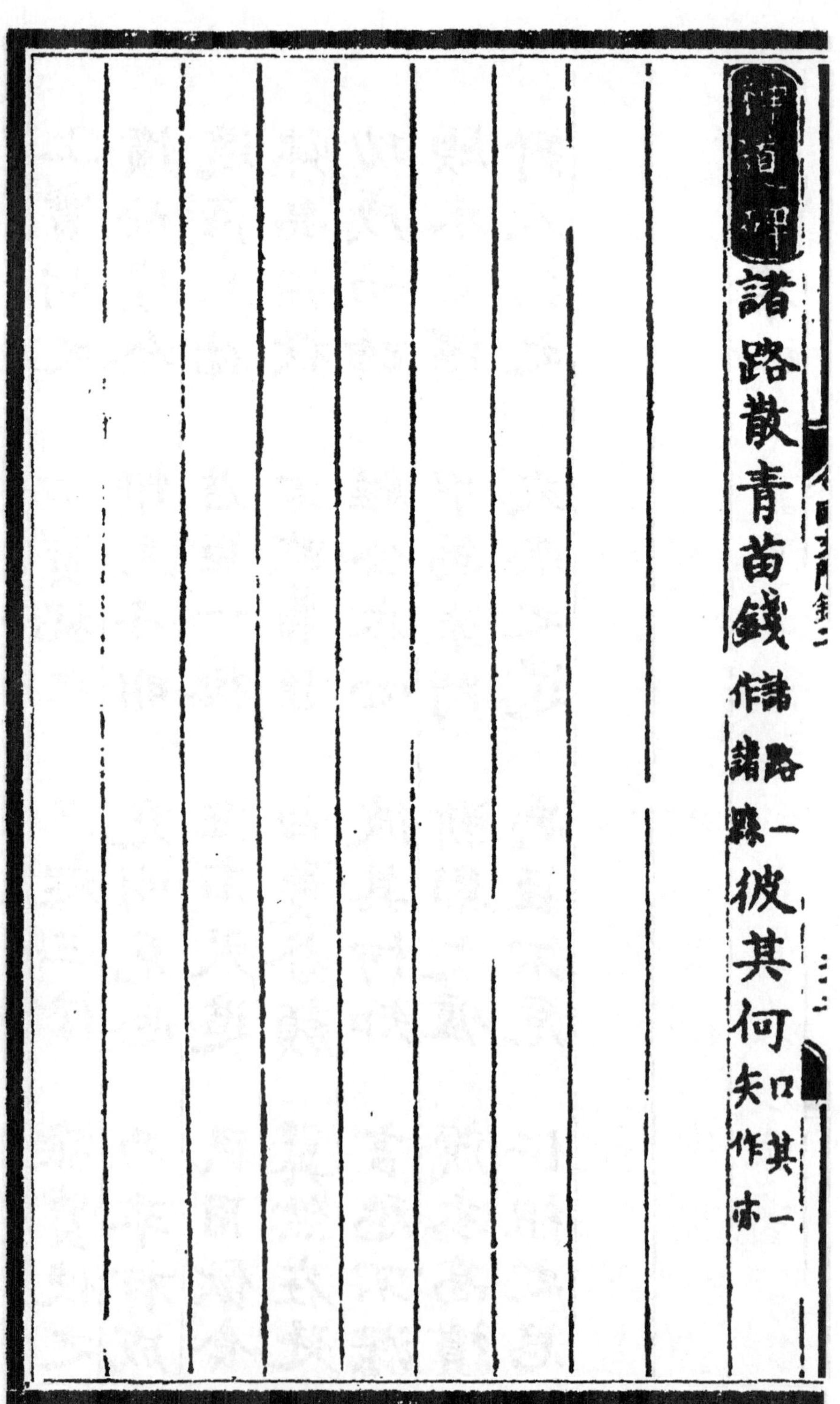

釋諸一碑

諸路散青苗錢諸路一作諸路彼其何知其一作未

附録卷第三

傳

神宗實録本傳 墨本

歐陽脩字永叔，唐太子率更令詢之後。詢（一無此三字）四世孫琮爲吉州刺史，又八世生萬，爲吉州安福令，其子孫或居安福，或居盧陵。萬之八世孫觀，脩父也，徙居永豐（四字一作自觀父徙居吉水至和中析吉水爲永豐今爲永豐人）。脩四歲而孤，母鄭氏有女節，以荻畫地教脩書字。稍長，從鄰里借書讀，或手抄之，抄未竟而成誦。舉進士有聲，補西京留守推官，召試學士院，遷鎮南軍節度掌書記、館閣校勘脩爲人質直閎廓見義敢爲機穽在前直行不顧每放逐困躓輒數年及復振起終不改其操范仲淹貶知饒州論救者衆諫官高若訥獨不言脩以書責若訥言其不復知人間有羞耻事三十六字一本只作坐以書責諫官高若訥不論救范仲淹言若訥不復知人間有羞耻事若訥以聞謫峽州夷陵令徙光化軍乾德一有令字改武成軍節度判官遷太子中允館閣校勘修崇文總目一有同脩字禮書總目成改集賢校理知太常禮院數論天下事陜西用師上三策以揣敵情及指陳利害甚衆詔百官上封事又上疏言三敝五事力陳當時之所宜憂者以貧求

補外得通判滑州仁宗增諫官負用天下名士召脩知諫院是時西師久京東西群盜起中外騷然仁宗既進退大臣欲遂改更諸事范仲淹杜衍韓琦富弼皆輔政脩屢請召對咨訪責以所爲一有而字仁宗降手詔出六條一有虛心以待四字後遂下詔勸農桑興學校多所更革用脩同修起居注閱月拜右正言知制誥初呂夷簡罷相夏竦爲樞密使復奪之代以杜衍同時進用富弼韓琦范仲淹等一無此三十一字石介作慶曆聖德詩言退姦不易進賢之難而終篇意在夏竦竦尤不悅因與其黨造爲黨論二十九字一作詩云云其被指名者皆不悅仲淹衍等柄

用欲盡去之因造爲黨論目仲淹衍及脩一有以字爲黨人脩乃上朋黨論其大略言小人無朋惟君子則有之蓋小人所好者利祿所貪者財貨當其同利之時暫相黨引以爲朋及其見利而爭先或利盡而交疏則反相賊害雖其兄弟親戚不能相保故曰小人無朋君子則不然所守者道義所行者忠信所惜者名節以之脩身則同道而相益以之事國則同心而共濟終始如一故君子有一有多字朋也又上疏言杜衍韓琦范仲淹富弼相繼罷去天下皆知其有可用之賢而不聞其有可罷之罪自古小人讒害忠賢一作良其說不遠欲廣

陷良善不過指爲朋黨欲動揺大臣必須誣以專權其故何也去一善人而衆善人尚在則未爲小人之利欲盡去之則善人少過難爲（一無此字）一一求瑕唯是指以爲朋則可一時盡逐至如自古大臣已被主知而蒙信任則難以他事動揺惟有專權是上之所惡必須此語方可傾之正士在朝群邪所忌謀臣不用敵國之福也（一無此字）今此四人一旦罷去而使群邪相賀於内四夷相賀於外臣所以爲陛下惜之也爲黨論者尤惡脩異已又善言其情狀至使内侍藍元震上疏言范仲淹歐陽脩尹洙余靖前日蔡襄謂之四

賢斥去未幾復陞天衢四賢得時遂引蔡襄以爲同列下則以國家爵禄爲己私惠上則朋黨膠漆皆聚本朝設使逐人私黨不過十數同心醜正已爲五六十人相依爲重將紊紀綱九重至深萬機至重（一有陛下二字）何由察知賴仁宗（一有睿聖二字）終不之信（一作終察其姦）脩之使河東以陝西用兵久河東芻粮不足言者請廢麟州或請移治合河津或請廢五寨脩爲四議以較麟州利害請移兵就食於濱河（一作河濱）清塞堡緩急不失應援平時可省饋運麟州得不廢又建言忻代岢嵐大山四郡有禁地棄而不耕民私糴虜中以應軍須

今悉耕之歲可得數百萬石以實邊又言河東民故貧軍興以來賦斂尤重行路嗟怨條上可罷者數十事以寬民力脩自河東還會保州兵叛出脩爲龍圖閣直學士河北都轉運使保州平大將李昭亮私納婦女通判馮博文等竊效之脩捕博文繫獄昭亮皇恐立出之自保州之變河北兵驕小不可意則思亂人情務在姑息脩乞假將帥權（一有事從鎮三字）重以消未萌保塞之脅從者二千餘人分隸河北夏竦爲宣撫使（事迹神道碑並以爲富鄭公）曰是去禍而遺根也欲以便宜誅之脩權知成德軍遇之於內黃竦夜半屛人以告脩

脩曰禍莫大於殺降昨保州叛卒朝廷許以不死今戮之矣此曹本以脅從故得脱柰何一旦殺無辜二千人既非朝旨諸郡且不肯從綏之則籍籍必生變是趣之爲亂也（一有且脩至鎮州必不從命九字）遂止河決澶淵陳執中欲塞商胡決横隴故道脩言功大（一作恐）不可成徒勞人（一有未幾二字）執中罷（一有去字）文彦博復用李仲昌議欲開六塔河脩言六塔河不能吞伏且徙決再爭之不得既而濱　德博數千里皆被（一有水字）害初脩出河北仁宗面諭曰勿爲久居計有事言來脩對曰諫官乃得風聞今在外使事有指越職罪也仁宗

曰有事但以聞勿以中外爲詞爲黨論者愈恚益惡之一有務爲奇巧以中六字脩妹適張龜正龜正無子而死有龜正一無二字前妻之女才四歲無所歸以俱來及笄脩以嫁族兄之子晟張氏後在晟所與奴姦事一無此字下開封府一作獄獄吏附致其言以三字一作曖昧之言及脩乃以戶部判官蘇安世內侍王昭明雜治之卒無秋毫乃三字一本只作狀坐用張氏奩中物買田立歐陽氏券左遷知制誥知滁州一本有用事者猶不快意坐安世昭明以移三司取録問吏不先聞皆奪官二十六字久之遷起居舍人知揚州徙潁州復龍圖閣直學士知應天府以母憂去既免喪入見仁宗惻然怪

脩髮白問在外幾年今年幾何恩意甚至命判流内
銓小人恐脩復用僞爲脩奏乞澄汰内侍兩省挾威
令爲姦利者書騰都下宦者人人切齒楊永德者陰
以言中脩出知同州外議不平論救者衆遂留刊修
唐書爲翰林學士加史館修撰勾當三班院改侍讀
學士知蔡州未行復爲翰林學士判太常寺脩在朝
以奬進天下士爲已任延譽慰薦極其力而後已於
經術治其大旨不爲章句不求異於諸儒景祐中與
尹洙皆爲古學已而有詔戒天下學者爲文使近古
學者盡爲古文而脩之文章遂爲天下宗匠蜀人蘇

洵嘗論脩文章詞令雍容似李翱切近適當似陸贄而脩之才亦似（一作自）過此二人至脩作唐書志（一無此字）五代史敘事不愧劉向班固也權知貢舉文士以新奇相尚文體大壞脩深革其弊前以怪僻在高第者黜之幾盡務求平淡典要士人初怨怒罵譏中稍信服已而文格變而復正拜右諫議大夫判尚書禮部又判祕閣祕書省加兼侍讀辭不受同修玉牒兼龍圖閣學士權知開封府承包拯威儀之後一切循理不事風采或以爲言脩曰人材性各有短長實不能舍所長彊其所短以給事中罷同提舉諸司庫務改

群牧使唐書成拜禮部侍郎一有遂字為樞密副使與曾公亮同力振舉紀綱革去宿弊考天下兵數及三路屯戍幾何地里近遠皆為圖籍未幾參知政事預定策立英宗為皇子事見韓琦傳十四字一作仁宗失褒豫鄂三王後遂無皇子至和三年正月疾暴作數十日不能朝中外憂恐乂乃康復自是言者常以立皇子固天下根本爲急包拯范鎮所言尤激切其餘不爲外人所知者不可勝數富弼韓琦亦屢進說脩因水災亦再上疏每輒留中不下如此五六年言者亦已稍怠嘉祐六年內出諫官司馬光知江州呂誨言立皇嗣事脩與韓琦曾公亮奏事垂拱殿讀二章畢未及有所啓仁宗遽曰朕意亦決矣但未得其人左右顧曰宗室中誰可者琦皇恐對曰此事非臣下敢議當已簡在聖心仁宗即道英宗藩邸名且曰今三十許歲矣琦等乃議定又奏曰此事至大陛下今夕更思之明日奏事崇政殿又啓之仁宗曰決無疑矣於是琦等言事當

有漸乃以英宗判宗正寺而英宗猶在濮王喪辭讓再三有旨聽終喪七年二月服除英宗稱疾堅卧不起至七月琦議曰宗正之命初出則外人皆知必為皇子也不若遂正其名使知愈讓而愈進示朝廷有不可回之意公亮脩皆以為然琦乃以英宗累表進仁宗問如何琦未對脩進曰宗室不領職事忽有此除天下皆知陛下將立為皇子也不若遂正其名且判宗正寺詔敕付閤門得以不受今立為皇子止用一詔書告天下事即定矣仁宗遲疑久之韓琦曰如此莫亦好不琦力贊之仁宗曰如此則明堂前了當遂降詔書而中外晏然嘉祐之事脩自序云爾　英宗初年未親政事慈聖光獻太后垂簾脩與二三大臣佐佑兩宮鎮撫四海執政聚議事有未可脩未嘗不力爭臺諫官至政事堂論事往往面折其短英宗嘗面稱脩曰性直不避衆怨脩亦嘗稱誦故相王曾之言曰恩欲歸己怨使

譙。當自嘉祐以後，朝廷務惜名器，而進人之路稍隘，脩屢建言：館閣育材之地，人材既難得而又難知，則當博采而多畜之，時冀一得於其間，則傑然出爲名臣矣，餘亦不失爲佳士也。遂詔韓琦、曾公亮、趙槩及脩各舉五人，其後中選者多在清近，朝廷亦稍收其用矣。京師百司所行兵民官吏財用，皆無總數，中書一有行移，則下有司考會。脩因暇日，盡以中書所當知者，集爲總目。上有所問，宰相以總目對。脩以奉祠假（一無此字）家居，上遣内侍就中書閤取而閲之。蔣之奇言脩帷箔事，事連其長子婦。脩杜門請付有司案治詔詰問之奇語所從来之奇言得之彭思永思永言出於風聞暧昧無實嘗戒之奇勿言天子為其辭窮降思永知黄州之奇監道州酒遣中使手詔慰安脩脩遂稱疾力解機務以觀文殿學士刑部尚書知亳州年六十矣乞致仕者六不從遷兵部尚書知青州除檢校太保宣徽南院使判太原府三辭不受從知蔡州以老病乞骸骨章數上乃為觀文殿學士太子少師致仕卒年六十有六贈太子太師（一有謚文忠三字）太常初謚曰文（四字一作初請謚文）常秩曰脩有定策之功請謚（一有曰字）文忠乃用之方英宗亮陰而脩以治平元年五

月建議濮安懿王德盛位隆宜有尊禮詔須大祥後議之（一作定）二年四月乃詔禮官與待制以上詳議而有司以為宜準先朝封贈期親尊屬故事尊以高官大國朝廷以典禮未稱下尚書省集三省御史臺官議奏（一無官奏二字）而皇太后手書以議事詰責執政於是手詔罷議令有司博求典故以聞御史呂誨等彈奏脩首開邪議琦公亮槩附會不正請如有司所議而脩論本生之親改稱皇伯歷考前世並無典據進封大國則又禮無加爵之道已而皇太后出手書濮安懿王及譙國太夫人王氏襄國太夫人韓氏仙游縣

君任氏可令皇帝稱親仍尊濮安懿王為皇三夫人（三字一作王氏韓氏任氏）並稱后是日手詔欲遵慈訓稱親而不敢當追崇之典誨及范純仁傅堯俞趙瞻趙鼎論列不已英宗問執政當如何脩對曰御史以為理難並立臣等有罪即留御史若以臣等為無罪則取聖旨英宗猶豫良久乃令出御史而曰不宜責之太重蔣之奇者私論濮園事與脩合脩薦之時已用王珪等所薦御史孫昌齡郭源明黃照又特批以之奇為御史論者以此短脩脩議濮園事雖不叶群議觀脩結髮立朝讜直不回身任衆

怨至於白首而謗訕不已卒以不汚年六十以大臣有二字論政不合固求去位可謂有君子之勇而言者指脩既為執政行私以專寵祿亦過矣脩博極群書好學不倦集三代以來金石刻為一千卷校正史氏百家譌謬之説為多所著易童子問三卷詩本義十四卷居士集五十卷内外制奏議四六集又四十餘卷

予發奕棐辯

重修實録本傳朱本　葉濤

脩字永叔唐太子率更令詢之後詢裔孫萬為吉州安福令其子孫因家焉至脩父觀始徙居永豐脩四

歲而孤母鄭氏力教以讀書爲文及冠舉進士翕然有聲補西京留守推官召試學士院遷鎮南軍節度掌書記館閣校勘時范仲淹以陳時政得失不顧避忤宰相意貶知饒州論救者甚衆而諫官高若訥獨含胡不言脩以書質責若訥至以爲不知人間有羞恥事若訥大憤連其書以聞坐貶峽州夷陵令徙光化軍乾德令改武成軍節度判官遷太子中允館閣校勘預修崇文總目書成改集賢校理知太常禮院出通判滑州慶曆初吕夷簡以老病在相位主斷既久天下事積成抗弊不思所以振治而最後元昊盜

邊陜右師老兵頗天子憂之未知所出一日夷簡罷相夏竦爲樞密使既除復罷而更用杜衍又范仲淹富弼韓琦同時擢執政收攬一時名士增諫官員而脩首在選中擢太常丞知諫院脩極力左右時事釁請召對執政責以時所可爲於是仁宗開天章閣給二府筆札令具所以施行條上其後下詔勸農桑興學校於僥倖多所裁革脩之發明居多是時執政皆脩素所厚善而脩所言事一意徑行略不以形迹嫌疑顧避亦卒無懷利附會之實天下之士知其立朝有本末質行正直（一有亦字）頗推許之於是小人自此

側目而黨人之論作矣初石介作慶曆聖德詩言進
賢退姦之不易其指以美杜衍等進而竦見黜也竦
既懷不滿因與其黨造為黨論目仲淹衍及脩為黨
人脩乃上朋黨論其大略言小人無朋惟君子則有
之如書曰受有臣億萬惟億萬心周有臣三千惟一
心紂億萬人各異心可謂無朋矣而紂用以亡武王
之臣三千人可謂大朋矣而周用以興蓋君子之朋
雖多而不厭故也俄擢同修起居注閱月拜右正言
知制誥於是為黨論者惡脩擿語其情狀至使內侍
藍元震密上疏言范仲淹歐陽脩尹洙余靖前日蔡

襄謂之四賢斥去未幾復還京師四賢得時遂引蔡襄以爲同列以國家爵禄爲私惠膠固朋黨苟以報謝當時歌詠之德今一人私黨止作十數合五六人門下黨與已無慮五六十人使此五六十人遞相提挈不過三二年布滿要路則誤朝迷國誰敢有言挾恨報讎何施不可九重至深萬機至重何由察知然仁宗終不之信也會被旨使河東河東自陝西兵興芻糧久不繼言者屢請廢麟州脩請移兵就食（一有於字）濱河諸堡使緩急不失應援平時可省餽運（一有而字）麟州以故不廢又建言忻代州岢嵐火山軍故時並邊

皆民田潘美患虜入寇乃使民内徙空其地號禁地自後虜人歲溢耕不已請益募民賦田入租歲可得穀數百萬斛給邊仍計頃出丁爲兵不者他日盡爲虜所有矣朝廷從之會保州兵叛出脩爲龍圖閣直學士河北都轉運使仁宗面諭曰勿爲久居計有事第言之脩對以諫官乃得風聞今在外使事有指越職罪也仁宗曰事苟宜聞豈可以中外爲辭耶嘗上疏言今杜衍韓琦范仲淹富弼相繼罷去天下皆知其有可用之賢而不聞其有可罷之罪自古小人敗事其説不遠欲廣陷良善不過指爲朋黨欲動

摇大臣必須誣以專權者蓋去一善人而衆善人尚在則未爲小人之利欲盡去之則善人少過難以一一求瑕唯是指以爲朋則可一時盡逐至如自古大臣已被主知而蒙信任則難以他事動摇惟有專權是上之所惡方可傾之夫正士在朝群邪所忌謀臣不用敵國之福今此四人一旦罷去而使群邪相賀於内四夷相賀於外此臣所以爲陛下惜之也於是爲黨論者愈益忌之初脩妹適張龜正龜正卒無子而有女女實前妻所生甫四歲以無所歸其母攜養於外氏及笄脩以嫁族兄之子晟會張氏在晟所與

奴姦事下開封獄獄吏因附致其言以及脩謟以戶部判官蘇安世內侍王昭明雜治之卒無狀乃坐用張氏匳中物置田立歐陽氏券左遷知制誥知滁州久之遷起居舍人知揚州徙潁州復龍圖閣直學士知應天府以母憂去既免喪入見仁宗惻然怪脩髮白問在外幾年今年幾何恩意甚至命判（一有吏部二字）流內銓小人恐脩復用乃偽為脩奏乞汰內侍挾威令爲姦利者（一有於是二字）宦者人人忿怨楊永德者陰以言中脩出知同州外議不平仁宗復悟留刊修唐書為翰林學士加史館修撰勾當三班院改侍讀學士知

蔡州未行復爲翰林學士判太常寺時文士以磔裂怪僻相尚文體大壞及是脩知貢舉深革其弊前在高第者盡黜之務求平淡典要士人初怨怒罵譏已而文格卒變拜右諫議大夫判尚書禮部又判祕閣祕書省加兼侍讀辭不受同修玉牒兼龍圖閣學士權知開封府以給事中罷同提舉諸司庫務改群牧使唐書成拜禮部侍郎爲樞密副使嘗因水災凡再上疏請立皇子言甚激切未幾參知政事與韓琦等協定大議立英宗已而英宗力辭宗正之命脩進曰宗室不領職事今忽有此除天下皆知陛

下將以爲嗣也，則不若遂正其名，且宗正誥敕付閤門，故得不受，若立爲皇子，則止降一詔書，大事定矣，不可辭也。仁宗以爲然，遂下詔。及英宗以疾未親政事，慈聖光獻太后垂簾，脩與二三大臣主國論，每簾前奏事，或執政聚議，事有未可，脩未嘗不抗是非，力爭。臺諫官至政事堂論事，事雖非己出，同列未及啓口，而脩已直前折其短，以至士大夫建明利害，及所祈請，前此執政多媕阿，不明白是非，至脩必一二數之，曰某事可行，某事不可行，用是怨誹者益多。英宗嘗面稱脩曰：性直不避衆怨。脩亦嘗稱誦故相王曾之言曰恩欲歸己怨使誰當及上即位御史蔣之奇言脩帷箔事事連其長子婦吳氏脩杜門請付有司案治先是脩妻之從弟薛宗孺坐舉官被劾內冀會赦免而脩乃言不可以臣故徼幸乞特不原以故宗孺坐免官而怨脩切齒因構為無根之言苟欲以汙辱脩會劉瑾亦素仇家乃騰其謗以語中丞彭思永思永聞以語之奇之奇始以私議濮王事與脩合而脩特薦為御史時方患衆論指目為姦邪及得此因亟持以自解於是詔詰語所從來之奇言得之思永思永以與瑾同鄉里且相習熟故力抵以

爲風聞天子爲（三字一作上以）其辭窮降恩永知黄州之奇監道州酒遣中使手詔慰安脩脩遂稱疾力乞解機務以觀文殿學士刑部尚書知亳州時脩年六十乃連六表乞致仕不從遷兵部尚書知青州以擅止散青苗錢詔特放罪除檢校太保宣徽南院使判太原府三辭不受徙知蔡州以老病乞骸骨章數上乃爲觀文殿學士太子少師致仕卒年六十六贈太子太師太常初謚曰文常秩曰脩有定策之功請加以忠乃謚曰文忠初英宗即位按祖宗故事追贈宗室尊屬至濮安懿王中書以本朝未有故事請付有司詳

議英宗謙恭重其事詔須大祥後議之後乃詔禮官與待制以上詳議而有司以為王當稱伯改封大國朝廷以典禮未正再下尚書省集議而一作會皇太后手書以議事詰責執政於是手詔權罷議令有司博求典故以聞御史呂誨等彈奏脩首開邪議琦公亮槩附會不正請如有司所議脩論本生之親改稱皇伯歷考前世皆無典據進封大國則又禮無加爵之道已而皇太后出手書曰濮安懿王及譙國太夫人王氏襄國太夫人韓氏仙遊縣君任氏可令皇帝稱親仍尊濮安懿王為皇三夫

人並稱后是日手詔欲遵太后手書稱親而不敢當追崇之典誨及范純仁傅堯俞趙瞻趙鼎論列不已英宗問執政當如何脩對曰御史以爲理難並立若以臣等有罪即留御史若無罪則惟聖旨是聽英宗猶豫良久乃令出御史其後脩著濮議引喪服記曰爲人後者爲其父母報報者齊衰期也謂之降服親不可降降者降其外物爾喪服是也其必降者示有所屈也以其承大宗之重尊祖而爲之屈爾屈於此以伸於彼也生莫重於父母而爲之屈者以見承大宗者亦重也此以義制者也父子之道天性

也臨之以大義有可以降其外物而本之於以（一作至）仁則不可絕其天性絕人道而滅天理此不仁者之或不爲也故聖人制服爲降三年爲朞而不沒其父母之名以見服可降而名不可沒也此以仁存心者也又曰今議者欲以爲人後之故使一旦反視父母若未嘗生我者其絕之已甚矣使其真絕之歟是非人情也迫於義而僞絕之歟是仁義者教人爲僞者也所議大略如此國朝接唐五代末流文章專以聲病對偶爲工剽剥故事雕刻破碎甚者若俳優之辭如楊億劉筠輩其學博矣然其文亦不能自拔於流

俗反吹波揚瀾助其氣勢一時慕効謂其文爲崑體時韓愈文人尚未知讀也脩始年十五六於鄰家壁角破簏中得本學之後獨（一作卒）能擺棄時俗故步（一有獨字）與司馬遷賈誼揚雄劉向班固韓愈柳宗元爭馳逐侵尋乎其相及矣是時尹洙與脩（一無二字）亦皆（一無此字）以古文倡率學者然洙材下人莫之與至脩文一出天下（一有之字）士皆嚮慕爲之唯恐不及一時文字大變從古庶幾乎西漢之盛者由脩發之然至論易則以繫辭非孔子之言論周禮則疑非周公所作是以君子之愛其文者猶嘆息於斯焉脩性剛直處善惡黑

白分明於當路有權勢者雖知其設機穽見待必直前觸發之不顧其放逐流離至數年者屢矣而復振起志氣故自若也脩雖以文雄一時然無忌前好勝之氣喜推轂賢士而身下之一時聞人多出其門嘉祐間朝廷進人之路陿脩建言以館閣多蓄人材後詔韓琦曾公亮各舉六人歐陽脩趙槩各五人一時得士爲多脩集三代以來金石刻爲一千卷頗是正譌謬所著易童子問三卷詩本義十四卷居士集五十卷内外制奏議四六集又四十餘卷子發奕棐辯

附録卷第三

附録卷第四

傳

神宗舊史本傳

歐陽脩字永叔吉州永豐人四歲孤母鄭教讀書爲文中進士第補西京留守推官召試學士院遷鎮南軍節度掌書記館閣校勘時范仲淹以言事忤宰相貶知饒州論救者甚衆而諫官高若訥獨不言脩以書責之以爲不知耻若訥怒連其書以聞坐貶峽州夷陵令徙光化軍乾德令改武成軍節度判官遷太子中允館閣校勘預修崇文總目書成改集賢校理

知太常禮院出通判滑州慶曆初吕夷簡老病在相位天下事積成抗弊元昊盜邊陝右師老兵頓天子憂之一日夷簡罷相夏竦爲樞密使既除復罷而更用杜衍又范仲淹富弼韓琦同時擢執政收攬一時名士增諫官員脩首在選中擢太常丞知諫院脩力□時事屢請責執政以時所可爲者於是仁宗開天章閣給二府筆札令具所以施行條上其後下詔勸農桑興學校抑僥倖脩之發明居多是時執政皆脩素所厚善而脩所言事一意徑行不以形迹嫌疑顧避天下之士知其立朝有本末質行正直衆頗推許

小人自此側目而黨人之論興矣初石介作慶曆聖德詩言進賢退姦之難其指以美杜衍等進而竦見黜也竦既懷不滿因與其黨造爲黨論目仲淹衍及脩爲黨人脩乃上朋黨論其大略言小人無朋惟君子則有之如書曰受有臣億萬惟億萬心周有臣三千惟一心紂億萬人各異心可謂無朋矣而紂因以亡武王之臣三千人可謂大朋矣而周用以興蓋君子之朋雖多而不厭故也擢同修起居注閲月拜右正言知制誥於是爲黨論者惡脩擿語其情狀使内侍藍元震密上疏言范仲淹歐陽脩尹洙余靖前日

蔡襄謂之四賢斥去未幾復還遂四人得志遂引襄爲同列以爵禄爲私恵膠固朋黨轉相汲引不過三二年布滿要路則誤朝迷國誰敢有言仁宗不聽會被旨使河東自陜西兵興芻糧久不繼言者屢請廢麟州脩請移兵就食於濱河諸堡使緩急不失應援平時可省餽運麟州以故不廢又建言忻代州岢嵐火山軍故時並邊皆民田潘美患虜入寇乃使民内徙空其地自後虜人盗耕不已請益募民賦田入租歲可得穀數百萬斛給邊仍計頃出丁爲兵不者他日盡爲虜所有矣從之會保州兵叛出脩爲龍圖閣

直學士河北都轉運使仁宗面諭曰勿為久計有事
第言之脩對以諫官乃得風聞今在外使事有指越
職罪也仁宗曰事苟宜聞豈可以中外為辭嘗上疏言
今杜衍韓琦范仲淹富弼相繼罷去天下皆知其有
可用之賢而不聞其有可罷之罪自古小人敗事其
說不遠欲廣陷良善則指為朋黨欲動搖大臣則誣
以專權蓋去一善人而衆善人尚在則未為小人之
利欲盡去之則善人少過難一一求瑕唯是指以為
朋則可盡逐至如自古大臣被主知而蒙信任則難
以他事動搖惟有專權是上之所惡方可傾之夫正

士在朝羣邪所忌謀臣不用敵國之福今此四人一旦罷去而使群邪相賀於内四夷相賀於外臣所以爲陛下惜之也於是爲黨論者愈益忌之初脩妹適張龜正卒無子而有女女實前妻所生甫四歲以無所歸其母攜養於外氏及笄脩以嫁族兄之子晟會張氏與奴姦事下開封獄獄吏因附致其言以及脩詔以戶部判官蘇安世内侍王昭明雜治之卒無狀乃坐用張氏匳中物買田立歐陽氏劵左遷知制誥知滁州久之遷起居舍人知揚州徙潁州復龍圖閣直學士知應天府以母憂去既免喪入見脩老矣髮

白仁宗惻然問在外幾年今年幾何恩意甚渥命判流内銓小人恐脩復用乃僞爲脩奏乞汰内侍挾威令爲姦利者宦者人人忿怨楊永德者陰以言中脩出知同州仁宗悟留刊修唐書爲翰林學士加史館脩撰勾當三班院改侍讀學士知蔡州未行復爲翰林學士判太常寺時文士以礫裂怪僻相尚脩知貢舉深革其敝前在高第者盡黜之務求平淡典要舉子皆造言謗之已而文亦卒變拜右諫議大夫判尚書禮部又判祕閣祕書省加兼侍讀辭不受同修玉牒兼龍圖閣學士權知開封府以給事中罷同提舉

諸司庫務改羣牧使唐書成拜禮部侍郎爲樞密副使嘗因水災凡再上疏請立皇子言甚激切未幾參知政事與韓琦等協定大議立英宗已而英宗力辭宗正之命脩進曰宗室不領職事今忽有此除天下皆知陛下將以爲嗣也不若遂正其名且宗正誥勑付閤門故得不受若立爲皇子則止降一詔書大事定矣不可辭也仁宗以爲然遂下詔及英宗以疾未親政事慈聖光獻太后垂簾脩與二三大臣主國論每簾前奏事或執政聚議有未可脩未嘗不抗是非力爭臺諫官至政事堂論事事雖非已出同列未及

啓口而脩已直折其短以至士大夫建明利害及所祈請前此執政多媕阿不明白是非至脩必一二數之曰某事可行某事不可行用是怨誹者益多英宗嘗面稱脩曰性直不避衆怨脩亦嘗稱誦故相王曾之言曰恩欲歸己怨使誰當及上即位御史蔣之奇言脩帷簿事連其長子婦吴氏脩杜門請付有司按治先是脩妻之從弟薛宗孺坐舉官被劾内冀脩赦免而脩乃言不可以臣故徼幸乞特不原以故宗孺坐免官怨脩因構爲無根之言欲以汙辱之會劉瑾亦素仇家乃騰其謗以語中丞彭思永思永以語之

奇之奇始以私議濮王事與脩合而脩特薦爲御史時方恚衆論指目爲姦邪及得此因亟持以自解於是詔詰語所從來之奇言得之思永以與瑾同鄉故力抵以爲風聞上爲其辭窮降思永知黄州之奇監道州酒遣中使手詔慰安脩脩遂稱疾力乞解機務以觀文殿學士刑部尚書知亳州時脩年六十乃連六表乞致仕不從遷兵部尚書知青州脩嘗薦王安石於朝及安石執政助神宗有爲脩不悦常平法下乃以擅止散青苗錢詔釋其罪除檢校太保宣徽南院使判太原府三辭不受徙知蔡州以老病乞骸骨

章數上乃爲觀文殿學士太子少師致仕卒年六十六贈太子太師太常初謚曰文常秩曰脩有定策之功請加以忠乃謚曰文忠初英宗即位追贈宗室尊屬至濮安懿王中書以本朝未有故事請付有司詳議英宗謙恭重其事詔須大祥後議之後乃詔禮官與待制以上詳議而有司以爲王當稱伯改封大國朝廷以典禮未正再下尚書省集議而皇太后手書以議事詰責執政於是手詔權罷議令有司博求典故以聞御史吕誨等彈奏脩首開邪議琦公亮槩附會不正請如有司議脩論本生之親改稱稱皇伯歷考前

世皆無典據進封大國則又禮無加爵之理已而皇太后出手書曰濮安懿王及譙國太夫人王氏襄國太夫人韓氏仙游縣君任氏可令皇帝稱親仍尊濮安懿王爲皇三夫人並稱后是日手詔欲遵太后手書稱親而不敢當追崇之典誨及范純仁傅堯俞趙瞻趙鼎論列不已英宗問執政當如何對曰御史以爲理難並立若以臣等有罪即留御史若非罪則惟聖旨是聽英宗乃令出御史其後脩著濮議引喪服記曰爲人後者爲其父母報報者齊衰期也謂之降服親不可降降者降其外物爾喪服是也其必降

者示有所屈也以其承大宗之重尊祖而爲之屈爾屈於此以伸於彼也生莫重於父母而爲之屈者以見承大宗者亦重此以義制者也父子之道天性也臨之以大義有可以降其外物而本之於至仁則不可絶其天性絶人道而滅天理此不仁者之或不爲也故聖人制服爲降三年爲朞而不没其父母之名以見服可降而名不可没也此以仁存心者也又曰今議者欲以爲人後之故使一旦反視父母若未嘗生我者其絶之已甚矣使其真絶之歟是非人情也迫於義而僞絶之歟是仁義者教人爲僞也所議大

略如此國朝接唐五代末流文章專以聲病對偶爲工剽剥故事彫刻破碎甚者若俳優之辭如楊億劉筠輩其學博矣然其文亦不能自拔於流俗反吹波揚瀾助其氣勢一時慕効謂其文爲崑體時韓愈文人尚未知讀也脩始年十五六於鄰家壁角破簏中得本學之後獨能擺弃時俗故步與劉向班固韓愈柳宗元爭馳逐是時尹洙與脩亦皆以古文倡率學者然洙材下人莫之與至脩文一出天下士皆嚮慕爲之唯恐不及一時文章大變庶幾乎西漢之盛者由脩發之然至論易則以繫辭非孔子之言論周禮

則疑非周公所作是以君子之愛其文者猶嘆息於斯焉脩性剛直處善惡黑白明遇事直前不避機穽其放逐流離者屢矣而復振起志氣猶自若也嘗集三代以來金石刻爲一千卷頗是正譌謬所著易童子問三卷詩本義十四卷居士集五十卷内外制奏議四六集又四十餘卷子發奕棐辯文史臣曰法言變而有離騷自是而降相望千百年其間雖有名世者而馬遷韓愈莫能過也宋興承平百年士生斯時多矣然接五代琱瑑之習風聲氣俗尚在也歐陽脩奮然躡二子之後無愧焉至其以繫辭爲非孔子所

作此道隱於小成言隱於浮華者歟

四朝國史本傳 淳熙閒進

歐陽脩字永叔吉州永豐人四歲而孤母鄭氏親誨之學及冠嶷然有聲宋興且百年而文章體裁猶仍五季餘習鏤刻駢偶淟涊弗振士因陋守舊論卑氣弱蘇舜元舜欽柳開穆脩輩咸有意作而張之而力不足韓愈遺藁閟於世學者不復道脩游隨得於廢書簏中讀而心慕焉晝停飡夜忘寐苦志探賾必欲并轡絕馳而追與之並舉進士試南宮第一擢甲科調西京推官留守錢惟演器其材不攖以吏事脩以

故益得盡力於學入朝爲館閣校勘范仲淹以言時事貶在廷多論救司諫高若訥獨以爲當黜脩詒書責之謂不知世間有羞恥事若訥上其書坐貶夷陵令稍徙乾德令武成節度判官仲淹使陝西辟掌書記脩笑而辭曰昔者之舉豈以爲利哉同其退不同其進可也久之復校勘進集賢校理慶曆三年知諫院時仁宗更用大臣杜衍富弼韓琦仲淹皆在位增諫官員脩首在選中每進見勸帝延問執政咨所宜行既多所張施小人翕翕不便脩慮善人必不勝數爲帝分别言之又上朋黨論其畧以謂小人無朋惟

君子則有之小人所好者利祿所貪者財貨當同利之時暫相黨引及見利而爭先則反相賊害雖兄弟親戚不能相保故曰小人無朋君子則不然所守者道義所行者忠信所惜者名節以之脩身則同道而相益以之事國則同心而共濟終始如一故曰君子有朋紂有臣億萬惟億萬心可謂無朋矣而紂用以亡武王有臣三千惟一心可謂大朋矣而周用以興蓋君子之朋雖多而不厭故也脩天性疾惡論事無所回隱人視之如仇而愈奮厲不顧帝獨奬其敢言面賜五品服顧侍臣曰如歐陽脩者何處得來同脩

起居注遂知制誥故事必試而後命詔特除之奉使河東自西方用兵議者欲廢麟州以省餽餉脩曰麟州天險不可廢廢之則河内郡縣民皆不安居矣不若分其兵駐并河諸堡緩急得以應援而平時可省轉輸於策爲便由是州得存又言忻代岢嵐多禁地廢田願令民得耕之不然將爲虜有朝廷下其議久乃行歲得粟數百萬斛使還會保州兵亂以爲龍圖閣直學士河北都轉運使陛辭帝曰勿爲久留計有所欲言言之對曰臣在諫職得論事今越職而言罪也帝曰但言之毋以中外爲間賊平大將李昭亮通

判馮博文私納婦女脩捕博文繫獄昭亮懼立出之兵之始亂也招以不死既而皆殺之脅從二千人分隸諸郡富弼爲宣撫使恐後生變將使同日誅之與脩遇於内黄夜半屏人告之故脩曰禍莫大於殺已降况脅從乎既非朝命脱一郡不從爲變不細弼悟而止杜衍等相繼罷去脩上疏曰此四人者天下皆知其有可用之賢而不聞其有可罷之罪小人欲廣陷良善必指爲朋黨欲動揺大臣必誣以顓權蓋善人少過唯指以爲黨則可一時盡逐今四人一旦罷去臣爲朝廷惜之於是邪黨益忌脩因其孤甥張氏

獄傳致以罪左遷知制誥知滁州居二年徙揚州潁州復學士召判流内銓時在外十一年矣帝見其髪白問勞甚至又有詐爲脩奏乞汰内侍爲姦利者其羣皆怨怒譖之出知同州帝納吴充言而止遷翰林學士於是富弼韓琦復用慶曆故臣稍集士大夫知天子有致治之意相賀於朝脩乞蔡州去帝復納劉敞趙抃之言而止奉使契丹其主命貴臣四人押燕曰此非常制以卿名重故爾知嘉祐二年貢舉時士子尚爲險怪奇澀之文號太學體脩痛排抑之凡如是者輒黜畢事向之嚻薄者伺脩出聚譟於馬首街

邏不能制然場屋之習從是遂變加龍圖閣學士知開封府承包拯威嚴之後簡易循理不求赫赫名京師亦治旬月改羣牧使在翰林八年知無不言河決商胡北京留守賈昌朝欲開横壠故道回河使東有李仲昌者欲導入六塔河議者莫知所從脩以爲河水重濁理無不淤下流既淤上流必決以近事驗之決河非不能力塞故道非不能力復但勢不能久耳横壠功大難成雖成將復決六塔狹小而以全河注之濵德博必被其害不若因水所趨增隄峻防踈其下流縱使入海此數十年之利也宰相陳執中主

昌朝文彦博主仲昌竟爲河北患狄青爲樞密使有威名帝不豫訛言籍籍脩請出之於外以保其終嘉祐元年水災（書嘉祐二年知舉[illegible]前而記元年水災於後[illegible]讀[illegible][illegible]差誤）脩上疏曰陛下臨御三紀而儲宮未建昔漢文帝初即位以羣臣之言即立太子而享國長久爲漢太宗唐明宗惡人言儲嗣事不肯早定致秦王之亂宗社遂覆陛下何疑而久不定乎其後建立英宗蓋原於此五年拜樞密副使六年參知政事英宗未親政皇太后御簾大臣奏事間有未可脩必力抗是非臺諫官至政事堂所論或矯異它執政未及言已面折其短朝

士建白利害及凡所求請必明告之曰其事可行其事不可行以是怨誹益衆帝將追崇濮王命有司議皆謂當稱皇伯改封大國脩引喪服記以爲爲人後者爲其父母報降三年爲期而不没其父母之名以見服可降而名不可没也若本生之親改稱皇伯歷考前世皆無典據進封大國則又禮無加爵之道故中書之議不與衆同太后出手書許帝稱親尊王爲皇三夫人爲后帝不敢當於是御史吕誨等六人爭論不已指脩爲主議皆被逐惟蔣之奇之説合脩意脩薦爲御史衆目爲姦邪之奇患之則思所以自

解脩婦弟薛宗孺有憾於脩造帷薄不根之謗摧辱之展轉達於中丞彭思永思永以告之奇之奇即上章劾脩神宗初即位欲深護脩訪於故宮臣孫思恭思恭爲辨釋脩杜門請推治帝使詰思永之奇問所從來辭窮皆坐黜脩亦罷爲觀文殿學士知亳州明年遷青州改宣徽南院使判太原府辭不拜徙蔡州脩本以風節自持既數困汙衊纔年六十即連乞謝事帝輒優詔弗許及守青又以擅止散青苗錢爲王安石所詆故求歸愈切熙寧四年以太子少師致仕五年薨年六十六贈太子太師謚曰文忠脩始在滁

州號醉翁，晚更號六一居士。天資剛勁，見義勇爲，雖機穽在前，觸發之不顧。放逐流離，至于再三，志氣自若，不悔也。爲文天材自然，豐約中度。其學推韓愈、孟軻，以達於孔氏，著禮樂仁義之實，以合於大道。其言簡而明，信而通，引物連類，折之於至理，以服人心，超然獨騖，衆莫能及，故天下翕然師尊之。獎引後進，如恐不及，賞識之下，率爲聞人。曾鞏、王安石、蘇洵，洵子軾、轍，布衣屏處，未爲人知，脩即游其聲譽，謂必顯於世。篤於朋友，生則振掖之，死則調護其家。好古嗜學，凡周漢以降金石遺文、斷篇殘簡，一切掇拾，研稽異同立説於左的的可表證謂之集古録奉詔脩唐書紀志表自撰五代史記法嚴詞約多取春秋遺旨殆與史漢相上下蘇軾叙其文曰論大道似韓愈論事似陸贄記事似司馬遷詩賦似李白識者以爲名言中子棐棐字叔弼廣覽彊記能文詞年十三時見脩著鳴蟬賦侍於側不去脩撫之曰兒異時必能爲此因書以遺之用蔭爲祕書省正字登進士乙科念父老不肯仕強之乃調陳州判官終不行脩所爲文須人代者多出其手脩薨代草遺表神宗讀而愛之意脩自作也免喪始爲審官主簿官制局檢詳官太常

博士主客考功員外郎議者患選人負多請令二十五歲而試於銓又守選三年而後仕進士特奏名者予之官而不使調選棐曰是非朝廷所以立議本意也且所爲議冗官者欲利士人耳今加年而使守選是反害之也所謂特奏名者非它儒人老於場屋者也閔其無成而老故予之微官使霑禄而後歸今乃授之虚名是終窮之也遂得不變元祐初以集賢校理爲著作郎判登聞鼓院復徙職方禮部員外郎知襄州曾布執政其婦兄魏泰恃聲勢來居襄規占公私田園强市買與民爭利郡縣莫敢誰何至是指州

門東偏官郎廢址爲天荒而請之吏具成牘至棐曰孰謂州門之東偏而有天荒乎卻之衆共白曰泰横於漢南久令求地而緩與之且不可而又可卻邪棐竟持不與泰怒譖於布徒之潞州旋又罷去奪校理元符末還朝歷吏部右司二郎中以直祕閣知蔡州蔡地薄賦重轉運使又爲覆折之令多取於民民不堪命會有詔禁止而佐吏憚使者不敢以詔旨從事棐曰州郡之於民詔令苟有未便猶將建請今天子德意深厚知覆折之病民手詔止之若有憚而不行何以爲長吏命即日行之未幾坐黨籍廢十餘年卒

年六十七

史臣曰由三代以降薄乎秦漢文章雖與時盛衰而藹如其言曄如其光皦如其音蓋均有先王之遺烈涉晋魏而弊至唐韓愈氏乃復起唐之文涉五季而弊至脩復起閎百川之頽波導之東注斯文正傳追步前古匹夫而為百世師一言而為天下法此兩人足以當之愈不極於用脩用矣而不極其至然國朝文風彬彬至今脩之功學士大夫相與尸而祝之可也

附録卷第四

附録卷第五

事迹　　發等述

先公爲人天性剛勁而器度恢廓宏大中心坦然未嘗有所屑屑於事事不輕發而義有可爲則雖禍患在前直往不顧以此或至困逐及復振起終莫能掩而公亦正身特立不少屈奪四五十年之間氣象偉然蓋天下而以文章道德爲一世學者宗師故歷事三聖常被眷倚遂託以天下安危之計而公亦以身許國進退出處士人以爲輕重至於接人待物樂易明白無有機慮與所疑忌與人言抗聲極談徑直明

辨人人以爲開口可見心腑至於貴顯終始如一不見大官貴人事位貌之體一切出於誠心直道無所矜飾見者莫不愛服而天資勁正高遠無纖毫世俗之氣常人亦自不能與之合也平生學之所得以至文章事業皆明識所及性所自得不勞而至無所勉強而衆人學之者終莫能及其於經術務明其大本而本於情性其所發明簡易明白其論詩曰察其美刺知其善惡以爲勸戒所謂聖人之志者本也因其失傳而妄自爲之説者經師之末也今夫學者得其本而通其末斯盡善矣得其本而不通其末闕其所

疑可也又云今夫學者知前事之善惡知詩人之美刺知聖人之勸戒是謂知學之本而得其要其學足矣又何求焉公於經術去取如此以至先儒注疏有所不通務在勇斷不惑平生所辨明十數事皆前世人不以爲非未有說者如五帝不必皆出於黃帝春秋趙盾弒君非趙穿許世子非不嘗藥武王之十有一年非受命之年數及力破漢儒災異五行之說正統論破以秦爲僞閏或以功德或以國地不相臣屬則必推一姓以爲主之說以爲正者正天下之不正統者統天下之不一至于各據地而稱帝正朔不相加則爲絕統惟合天下於一者爲正統統或絕或續而正統之說遂定焉然亦不苟務立異於諸儒嘗曰先儒於經不能無失而所得已多矣正其失可也力詆之不可也盡其說

而理有不通然後得以論正予非好為異論也其於詩易多所發明為詩本義所改正百餘篇其餘則曰毛鄭之説是矣復何云乎其公心通論如此

先公四歲而孤家貧無資太夫人以荻畫地教以書字多誦古人篇章使學為詩及其稍長而家無書讀就閭里士人家借而讀之或因而抄録抄録未畢而已能誦其書以至晝夜忘寢食惟讀書是務自幼所作詩賦文字下筆已如成人兵部府君閲之謂韓國太夫人曰嫂無以家貧子幼為念此奇兒也不惟起家以大吾門他日必名重當世及舉進士時學者方

爲四六號時文公已獨步其間天聖七年補國子監生是秋取解明年南省試皆爲第一人由是名重當世及景祐中在西京與尹公洙偕爲古文已而有詔戒天下學者盡爲古文獨公古文既行遂擅天下四十年間天下以爲模範一言之出學者競相傳道不日之間流布遠近外至夷狄莫不仰服後進之士爭爲門生求受教誨當世皆以爲自兩漢後五六百年有韓退之退之之後又數百年而公繼出自李翶柳宗元之徒皆不足比然公之文備盡衆體變化開闔因物命意各極其工或過退之如醉翁亭記真州東

園記創意立法前世未有其體作尹公洙誌文以爲尹公文簡而有法取其意而爲之即得其體石先生介墓誌不多假事迹但述其平生志意所存與其大節氣槩讀之如見其人作集古録叙今王丞相以謂讀之可辟瘧鬼

先公既奉勑撰唐書紀志表又自撰五代史七十四卷其作本紀用春秋之法雖司馬遷班固皆不及也其於唐書禮樂志發明禮樂之本言前世治出於一而後世禮樂爲空名五行志不書事應悉破漢儒災異附會之説皆出前人之所未至其於五代史尤所

留心褒貶善惡爲法精密發論必以嗚呼曰此亂世之書也其論曰昔孔子作春秋因亂世而立治法余述本紀以治法而正亂君此其志也書成減舊史之半而事迹添數倍文省而事備其所辨正前史之失甚多嘉祐中今致政侍郎范公等列言于朝請取以備正史公辭以未成熙寧中有旨取以進御按神宗實録熙寧五年八月丁亥詔潁州令歐陽某家上某所撰五代史

先公筆札精勁雄偉自爲一家當世士大夫有得數十字皆藏以爲寶而未嘗爲人書石

先公平生以獎進賢材爲己任一時賢士大夫雖潛

晦不爲人知者知之無不稱譽薦舉極力而後已既爲當世宗師凡後進之士公嘗所稱者遂爲名人時（一作士）人皆以得公一言爲重而公推揚誘進不倦至於有一長者識與不識皆隨其所長而稱之至今當世顯貴知名者公所稱薦爲多今湖州孫正言覺爲合淝主簿未與公相識郡守怒之欲捃拾以罪時胡侍講在太學以屬公公爲作手書與其寮佐令保全之遂獲免福州處士陳烈素不與公相識公聞其名知其行義屢薦於朝乞賜召用朝廷即召烈爲國子監直講

先公嘗言平生爲學所得惟平心無怨惡爲難故於事未嘗挾私喜怒以爲意雖仇讎之人嘗出死力擠陷公者它日遇之中心蕩然無纖芥不足之意嘗曰孔子言以直報怨夫直者是之爲是非之爲非是非付之至公則是亦不報也

先公初貶滁州蓋錢明逸輩爲之自外還朝遇明逸於京師屢同飲宴不以爲嫌其後公在中書明逸罷秦州歸復用爲翰林學士近日小人蔣之奇妄興大謗及公移青州其兄之儀知臨淄縣爲二司所不喜力欲壞之亦以託公公察其實無它力保全之

先公平生文章擅天下未嘗以矜人而樂成人之美不掩其所長詩筆不下梅聖俞而嘗推之自謂不及然識者或謂過之初奉敕撰唐書專成紀志表而列傳則宋公祁所撰朝廷恐其體不一詔公看詳令刪爲一體公雖受命退而曰宋公於我爲前輩且人所見不同豈可悉如己意於是一無所易書成奏御舊制惟列官最高者一人公官高當書公曰宋公於傳功深而日久豈可掩其名奪其功於是紀志表書公名而列傳書宋公宋丞相庠聞之歎曰自古文人好相凌掩此事前所未有也

先公篤於交友恤人之孤梅聖俞家素貧既卒公醵
於諸公得錢數百千置義田以恤其家且乞録其子
增尹龍圖洙已卒公乞録其子構孫先生復有尊王
發微十五卷有旨進内未畢而卒公乞令其家録進
而推恩其子大年尹構孫大年梅增皆蒙録用以官
天聖初胥公在漢陽先公時年二十餘以所爲文謁
之胥公一見奇之曰子當有名於天下因館于門下
與公偕入京師及公登第乃以女妻之
王文康公知西京先公爲留守推官一日當都廳勘
事有一兵士自役所逃歸文康問公曰勘兵士何謂

未斷公曰合送本處行遣文康曰似此其作官處斷過甚多推官新作官不須疑公曰若相公直斷雖斬亦可有司則不敢奉行一夜文康夜召問軍人未斷否公曰未文康曰幾至誤事明日遂送所屬處

先公在河南以文學負當世之名前後留守皆名公好賢莫不傾身禮接王文康自西京名歸謂公曰今來有例合舉館職當奉舉遂用王文康公薦自西京留守推官召試

范文正公以言事忤大臣貶知饒州先公一日遇司諫高若訥於余襄公家若訥非短范公以爲宜貶公

歸遂爲書與之辯且責若訥（二字一作其）不能論列若訥繳進其書遂坐貶爲夷陵令既而余襄公尹公洙亦連坐被貶蔡公爲四賢詩述其事天下傳之

先公既坐范公遠貶數年復得滑州職官會范公復起經略陝西辟公掌牋奏朝廷從之時天下久無事一旦西邊用兵士之負材能者皆欲因時有所施爲而范公以天下重名好賢下士故士之樂從者衆公獨歎曰吾初論范公事豈以爲己利哉同其退不同其進可也遂辭不往其於進退不苟如此以至致位二府惟以忠義自得主知未嘗有所因緣憑藉

先公在館中遇西邊用兵天下多事詣闕上書爲三
策以料賊情及指陳天下利害甚衆既而有詔百官
許上封章言事公上疏言三弊五事力陳當時之患
仁宗增諫官爲四員先公與蔡公襄余襄公靖令致
政王尚書素同時選用是時陜西用兵已久京東西
盜賊群起内外多事仁宗既進退大臣遂欲改更闕
失方急於求治公遇事感激知無不言范文正公杜
正獻公今司徒韓魏公富鄭公四人同時登用公屢
請召對訪問責以所爲既而仁宗降手詔出六條以
責諸公各亦有所陳述公言諸公所陳宜力主張勿

爲羣言所奪而王文安公爲三司使有爲無名詩中之者公請嚴禁止之以絶小人流言摇動朝政之漸
勑出官爵購捕其人時上欲改更朝政小人不便故造作語言動揺及勑牓出自此遂絶是後上遂下詔勸農桑興學校改更廢事之弊
自范文正公之貶先公與余襄公等坐黨人被逐朋黨之説遂起久而不能解一時名士皆被目爲黨人公在諫院爲朋黨論以獻羣言遂息大赦當時之弊
時天下久安上下先於因循一旦陜西用兵而羣賊王倫張海等所在皆起先公請遣使者按察州縣朝

廷命諸路轉運使皆兼按察公言轉運使苟非其人則按察遂爲空名復條陳按察六事於是兩府聚議盡破常例不次用人（後來别因一劄子中備言此事）其後州縣多所升降内外百職振舉及杜待制杞爲京西轉運使與御史蔡禀同治賊事公言杞可獨任無用禀杞果遂平諸盗京西無事

時張温成方有寵人莫敢言因生皇女染綾羅八千疋先公上言乞裁損其恩寵及其親戚恩澤太頻可以減罷極陳女寵驕恣以至禍敗之戒

皇叔燕王薨議者以國用不足請待豐年而葬先公

乞減費而葬以爲不肯薄葬留之以待侈葬徒成王之惡名使四夷聞天子皇叔薨無錢出葬遂輕中國有旨減節浮費而葬

澧州柿木成文有太平之道四字先公上言今四海騷然未見太平之象又曰太平之道者其意可推自古帝王致太平皆有道得道則太平失道則危亂今見其失未見其得願陛下憂勤萬務漸期致理其瑞木乞不宣示于外

慶曆三年御試進士以應天以實不以文爲賦題公爲擬試賦一道以進指陳當世闕失言甚切至

淮南轉運使呂紹寧到任便進羡餘錢十萬公乞拒而不受以彰朝廷均恤外方防禦刻剥前後所上章疏百餘其間斥去姦邪抑絕僥倖以謂任人不可疑節制不可不一當推恩信以懷不服其事往往施行

先公以諫官除知制誥故事知制誥當先試有旨更不召試有國以來不試而受者惟楊文公陳文惠公與公三人公既典制誥尤務敦大體初作勸農勅既出天下翕然人人傳誦王言之體遠復前古

陝西兵役之後河東困弊糧草闕少又有言者請廢

麟州或請移於合河津或請廢五寨朝廷命先公視其利害及察訪一路官吏能否擘劃經久利害及計置粮草公爲四議以較麟州利害請移兵就食於河濱一作次清塞堡緩急不失應援而平時可省餽運麟州遂不廢又建言忻代岢嵐火山四州軍沿邊有禁地棄而不耕人户私糴北界斛斗入中以爲邊儲今若耕之每年可得三二百萬石以實邊朝廷從之此兩事至今大爲河東之利

自西事後河東賦斂重而民貧道路嗟怨先公奏罷十事以寬民力文字見河東奏事謂乞罷和糴米三司銀之類

先公自河東還會保州兵叛遂出爲河北都轉運使別得不下司劉子云河北宜選有文武材識轉運使二員密授經略之任使其熟圖利害豫爲禦備保州既降總管李昭亮私取叛兵妻女通判馮博文等亦往往効之先公發博文罪置獄推劾昭亮恐懼立令送出

自保州事後河北兵驕少不如意即謀結集處處有之上下務在姑息先公屢乞主張將帥每事鎮重以遏士心河北卒無事

保州叛兵既降其脅從者二千餘人分隸河北諸州

富鄭公爲宣撫使恐其復生變欲委諸州同日誅之方作文書會先公權知鎮府遇富公於内黄富公夜半屏人密以告公公曰禍莫大於殺降昨保州叛卒朝廷許以不死招之今已戮之矣此二千人本以脅從故得不死柰何一旦無辜就戮且無朝旨若諸郡不肯從命事既參差則必生事是趣其爲亂也且某至鎮州必不從命富鄭公遂止

先公在河北既被朝廷委任之重悉力經營凡一路官吏能否山川地里財産所出兵粮器械教閱陣法一一别爲圖籍盡四路之事如在目前或問公曰公

以文章儒學名天下而治此俗吏之事乎公曰吏之不職吾所愧也繫民休戚其敢忽乎奏置御河催綱司通致糧運以省入中之數置都作院於磁相二州以省諸州兵器之費既究見河北利害本末（一無此二字）乃一一條列遍貽書於執政將大爲經畫未盡行而公罷去

慶曆初仁宗既復四諫之職（一有而舉二字）拔英俊賢能材德之士並進于朝公負天下之望而居其職仁宗寵異之意獨絕衆人嘗因奏事論及當世人材仁宗不覺謂公曰如歐陽某何處得來公乃盡心悉力思所

補報遇事不避以至犯忤權貴排擊姦佞怨怒隨至常欲大用而未果是時中外多事仁宗意以謂艱難之際非公不足以辨事故自諫官奉使河東委以一路之利害及保州事作河北轉運使張昷之得罪公自河東還未數月復出爲河北轉運使及陛辭之日仁宗面諭曰不久當還無爲久居計有事但言來無以中外爲限公對曰在京師所言尚以風聞或恐失實況於在（一作在於）外仁宗曰有所聞但言來行與不行則在此及至河北百事振舉小人忌公恐大用而又杜范韓富同時罷黜小人彙進公上疏極言四人忠

實可用而無過，辨明小人誣罔之言，請加任用。於是群小益懼，相與造爲謗辭。及詔獄之起，窮究無狀，仁宗亦悟，止奪職知滁州。

南京素號要會，賓客往來無虚日，一失迎候，則議論鋒（一作群）起。先公在南京，雖貴臣權要過者，待之如一。由是造爲語言，達於朝廷。時陳丞相升之安撫京東，因令審察是非。陳公陰訪之民間，得俚語，謂公爲照天蠟燭，還而奏之。上方欲名用，而公丁太夫人憂。

先公初服除還朝，惟除本官龍圖閣直學士，而無主判。入見日，仁宗惻然，怪公鬢髮之白，問公在外幾年今年幾何恩意甚至公求補外仁宗曰此中見人多矣爲小官時則有肯盡言名位已高則多顧藉如卿且未要去明日以責大臣即以公判流内銓是時小人忌公且見進用僞爲公乞澄汰内臣劄子傳布中外内臣人人切齒判銓六日楊永德以差船及引見胡宗堯事中公出知同州而外議紛紜論救者衆上亦開悟適會劉公沆有劄子乞催宋公祁結絶唐書上曰莫不須宋祁否劉公曰别未有人上曰歐陽某知同州臣寮已有文字請留劉公曰乞自陛下宣諭明日朝辭上殿上曰休去同州且修唐書既而曾魯

公自翰林學士換侍讀學士知鄭州劉公奏歐陽某見未有主判處乞替曾某判三班院上曰翰林學士有人未劉公曰見商量上曰歐陽某不止一好差遣亦好一翰林學士便可替曾某遂入翰林爲史官判三班院上嘗面問公以唐學士院鈐索故事將議臨幸其於眷待之意甚厚

先公在侍從八年知無不言屢建議多見施行自初還朝唐公介與諸公方居言職所言久之未見聽納公上疏言人君拒諫之失請採聽言者其後上遂用諫官言進退宰相用唐介等疏罷陳執中

時議者方以河患爲意陳恭公在相位欲塞商胡開橫壠回大河於故道先公上疏言其不可未幾恭公罷去新宰相復用李仲昌議欲開六塔全回河流公兩上疏爭之不聽河纔成而決濱□德博數千里大被其害仲昌等議者流竄遠方卒如公議

至和二年先公奉使契丹契丹使其貴臣陳留郡王宗愿惕隱大王宗熙北宰相蕭知足尚父中書令晉王蕭孝友來押宴曰此非常例以卿名重宗愿宗熙並契丹皇叔北宰相蕃官中最高者尚父中書令晉王是太皇太后弟送伴使耶律元寧言自來不曾如

此一併差近上親貴大臣押宴

嘉祐初狄武襄公爲樞密使狄自破蠻賊之後方振威名而是時仁宗不豫久之初康復而狄得士心京師訛言訩訩先公因水災言武臣典機密得士心而訛言可畏非國之便請且出之於外以保全之未久狄終以流言不已罷知陳州

嘉祐中復用賈魏公爲樞密使先公言其爲人好爲陰謀陷害良士小人朋附樂爲其用前任相位累害善人所以聞其再來望風畏恐乞早罷還之舊鎮其命遂止

先公在翰林嘗草春帖子詞一日仁宗因閑行舉首見御閤帖子讀而愛之問何人作左右以公對即悉取皇后夫人諸閤中者閱之見其篇篇有意歎曰舉筆不忘規諫真侍從之臣也自是每學士院進入文書必問何人當直若公所作必索文書自覽先公每述仁宗恩遇多言此事云内官梁寔爲先公説春帖子詞有云陽進升君子陰消退小人聖君南面治布政法新春至今士大夫盡能誦之及温成皇后閤帖子云聖君念舊憐遺族常使無權保厥家

仁宗嘉祐中先公在翰林富鄭公在中書胡侍講在太學包孝肅公爲中丞士大夫相語曰富公真宰相呼先公字曰真翰林學士胡先生真先生包公真中

丞時人謂四真

嘉祐二年先公知貢舉時學者爲文以新奇相尚文體大壞（僻澀如狼子豹孫林林逐逐之語怪誕如周公伻圖禹操畚鍤傅說負版築來築太平之基之說）公深革其弊一時以怪僻知名在高等者黜落幾盡二蘇出於西川人無知者一旦拔在高等牓出士人紛然驚怒怨謗其後稍稍信服而五六年間文格遂變而復古公之力也

先公知開封府承包孝肅公之後包公以威嚴爲治名震京師而公爲治循理不事風采或謂公曰前政威名震動都下真得古京兆尹之風采公未有動人

者柰何公曰人材性各有短長豈可捨己所長勉強其所短以徇俗求譽但當盡我所爲不能則止既而都下事無不治

開封府既多近戚寵貴干令犯禁而復求以内降茍免先公既授命屢有其事即上奏論列乞人後求内降以免罪者更加本罪二等内臣梁舉直私役官兵付開封府取勘既而内降放罪凡三次内降公終執而不行

嘉祐三年閏十二月京師大雪民凍餒而死者十七八明年上元有司以常例張燈先公奏請罷之

故事國史皆在史院近制皆進入内自是每日曆成亦入内而有司惟守空司先公請録本付外遂如公言今史院之有國史自由一作公請也

先公在密院與今侍中曾魯公悉力振舉紀綱革去宿弊大考天下兵數及三路屯戍多少地里遠近更爲圖籍之法邊防久闕屯守者大加蒐補數月之間機務浸理

臺諫官唐公介王公陶范公師道吕公景初皆以言事被逐先公言四人剛正敢言蹤跡有本末宜早賜牽復其後四人遂復進用

先公在侍從因嘉祐水災凡再上疏請選立皇子以
固天下根本言甚激切及在政府遂與諸公協定大
議而英宗力辭宗正之命堅卧久之諸公同議不若
遂正皇子之名奏事仁宗前顧問之際公獨進曰宗
室自來不領職事今外人忽見有此除授皆知陛下
將以爲子不若遂正其名蓋判宗正寺降誥敕得以
不授今立爲皇子只煩陛下命學士作一詔書告天
下事即定矣仁宗以爲然大計遂定及英宗初年未
親政事慈聖垂簾危疑之際公與諸公往來兩宫鎮
撫内外而公之危言密議忠力爲多以至英宗親御

萬機內外睦然

先公天性勁正不顧仇怨雖以此屢被讒謗至於貶逐及居大位毅然不少顧惜尤務直道而行橫身當事不恤浮議是時今司徒韓魏公當國每諸公聚議事有未可公未嘗不力爭而韓公亦欣然忘懷以此與公相知益深或奏事上前衆議未合公亦往返折難無所顧避嘗一日獨對英宗面諭公曰參政（英宗於先朝大臣多不以名呼而以官稱）性直不避衆怨每見奏事與二相公有所異同便相折難其語更無回避亦聞臺諫論事往往面折其短若似奏事時語可知人皆不喜也宜

少戒此而公又務抑絶僥倖有以事干公者或不可行而爲其人分别可否曰此事必不可行以此人多怨謗而公安然未嘗少卹嘗稱故相王沂公之言曰恩欲歸己怨使誰當每亦曰貧賤常思富貴富貴必履危機此古人之所歎也惟不思而得既得不患失之者其庶幾乎及濮園議起非公所獨專朝廷亦未有定議而言者妄以非禮之説指公爲王議公亦不與之較其後小人彭思永蔣之奇等造爲無根之飛語欲以危公自人主而下朝廷名臣巨公天下有識之士皆知因公亮直不隱得怨於小人故上連降手

詔詰問思永之竒二人引服誣罔悉皆貶逐

自嘉祐以後朝廷務惜名器而進人之路稍狹先公屢建言館閣育材之地宜盛其選以廣賢路遂令兩府人各舉五人其後中選者十人

嘗因僧官闕人内臣陳承禮以寶相院僧慶輔爲請内降從之舊有著令僧官必試而補諸公相與執奏其事先公進言曰補一僧官至爲小事但内降衝改著令内臣干撓朝政不可啓其端且宦女近習前世常患難於防制乞絶之於漸英宗即欣然嘉納

契丹降人韓皐謨者自言太叔使來言太叔謀取其

國乞中國出兵爲應二府會議其事時有意主之者將議從之先公爭曰中國待夷狄宜以信義爲本柰何欲助其叛亂使事不成得以爲辭主議者大笑曰迂儒迂儒公力爭之不已遂止既而虜中太叔舉事不成而死

初樞密使闕人先公以次當拜時英宗未親政事二府密議不以告公一日待漏院中公見二相耳語知其所爲問曰得非密院闕人而某當次補乎二公曰然公曰此大不可今天子不親政而母后垂簾事之得失人皆謂吾輩爲之耳今如此則是大臣二三人

相補置耳何以鎮服天下二公大然公言遂止及今致政張太師罷樞密使英宗復用公公力辭不拜京師百司所行兵民官吏財用之類皆無總數中書一有行移則下有司纂集先公因暇日盡以中書所當知者集爲總目一日上有所問宰相以總目爲對公以祀假家居上遣中貴人就中書閤子取而閱之先公平生連典大郡務以鎮静爲本不求聲譽治存大體而施設各有條理綱目不亂非盜賊大獄不過終數一作日吏人不得留滯爲姦如揚州南京青州皆大郡多事公至數日事十減五六既久官宇閴然嘗

曰以縱爲寬以略爲簡則事弛廢而民受弊吾所謂寬者不爲苛急簡者去其繁碎爾故所至不見治迹而民安其不擾既去至今追思不已今滁揚二州皆有生祠而公天性仁恕斷獄常務從寬嘗云漢法惟殺人者死後世死刑多矣故凡死罪非已殺人而法可出入者皆全活之曰此吾先君之志也其在河北一議活二千人之命及晚年在京東奏寬沙門島刑名設法減其人數賴以獲全者甚衆沙門島罪人寨主舊敢專殺故數不多而勿制馬默知登州務全人命舉寨寨甚嚴稍優卹罪人罪人既多而又不畏本寨漸恣橫難制京東議者大患之有司之意多欲許今依舊一面處置公以爲朝廷既貸其命豈可非理殺之奏請將編勑

州（一作刑）名合配沙門島而情稍輕者只配遠惡州軍見在島多年情輕者放還遂以無事而人亦獲全

先公初有太原之命令赴闕朝見中外之望皆謂朝廷方虛相位以待公公六上章堅辭不拜而請知蔡州天下莫不歎公之高節

先公在亳年纔六十一已六上章乞致仕而上方眷留未聽及在蔡勤請益堅遂如素志公既氣貌康強而年未及禮制一旦勇退近古數百年所未嘗有天下士大夫仰望驚嘆公雖退居于家士論猶望以爲輕重

先公平生以直道見忌於群小再被貶逐而未嘗以

介意初在峽州作至喜亭及自河北以小人無名之謗降知滁州治州南山泉爲幽谷泉作亭於瑯琊山自號醉翁及晚年又自號六一居士曰吾集古録一千卷藏書一萬卷有琴一張有棊一局而常置酒一壺吾老於其間是爲六一自爲傳以刻石

先公平生於物少所嗜好雖異物奇玩不甚愛惜獨好收蓄古文圖書集三代以來金石銘刻爲一千卷以校正史傳百家訛繆之説爲多藏書一萬卷雖至晚年暇日惟讀書未嘗釋卷

先公平生著述易童子問三卷詩本義十四卷五代

史七十四卷居士集五十卷歸榮集一卷外制集三卷内制集八卷奏議集十八卷四六集七卷集古録跋尾十卷雜著述十九卷諸子集以爲家書總目八卷其遺逸不録者尚數百篇别爲編集而未及成人奉勑撰唐書紀十卷志五十卷表十五卷在館職日與同時諸公共撰崇文總目祖宗故事

附録卷第五

記神清洞

遊嵩山寄梅殿丞書明道元年九月　謝舍人絳

聖俞足下：近有使者東來，付僕詔書并御祝封香，遣告嵩嶽。太常移文，合用讀祝捧幣二員，府以歐陽永叔、楊子聰分攝。會尹師魯、王幾道至自緱氏，因思早時約聖俞有太室中峯之行，聖俞中春時遂往，僕爲人間事所窘，未皇也。今幸其便，又二三子可以爲山水游侶，然亟與之議，皆喜見顔色，不戒而赴。十二日晝漏未盡十刻，出建春門，宿十八里河。翌日過緱氏，閲遊嵩詩碑，碑甚大，字而未鐫。上緱嶺，尋子晉祠，陟轘轅道入登封出北門齋于廟中是夕寢既興吏白五鼓有司請朝服行事事已謁新治宮拜真宗御容稍即山麓至峻極中院始改冠服卻車徒從者不過十數人輕齎遂行是時秋清日陰天未甚寒晚花幽草虧蔽巖壁正當人力清壯之際加有朋簪談燕之適升高躡險氣豪心果遇盤石過大樹必休其上下酌酒飲茗傲然者久之道徑差平則畀輿以行嶄崒斗甚則芒蹻以進窺玉女窻搗衣石石誠異窻則亡有迤邐至八仙壇憩三醉石徧視墨迹不復存矣考乎三君所賦亦名過其實午昃方抵峻極上院師魯

體最溢最先到永叔最少最疲於是浣漱食飲從容間躋封禪壇下瞰羣峰乃向所跂而望之謂非插翼不可到者皆培塿焉邑居樓觀人物之夥視若蟻壤世所謂仙人者僕未知其有無果有則人世不得不爲其輕蔑矣武后封祀碑故存自號大周當時名賢皆[illegible]姓名于碑陰不虞後代之譏其不典也碑之空無字處觀聖俞記樂理國而下四人同遊鑱刻尤精僕意古帝王祀天神紀功德于此當時尊美甚盛後之君子不必廢之壞之也又尋韓文公所謂石室者因詣盡東峰頂既而與諸君議欲見誦法華經汪僧

永叔進以為不可且言聖俞往時嘗云斯人之鄙恐不足損大雅一顧僕強諸君往焉自峻極東南緣險而徑下三四里法華者栖石室中形貌土木也飲食猨鳥也叩厥真旨則軟語善答神色睟正法道諦實至論多矣不可具道所切當云古之人念念在定慧何由雜今之人念念在散亂何由定師魯永叔扶道貶異最為辯士不覺心醉色作欽歎忘返共恨聖俞聞繆而褒真甚矣是夕宿頂上會幾望天無纖翳萬里在目子聰疑去月差近令人浩然絶世間慮盤桓三清露下直覺冷透骨髮羸體將不堪可方即舍張

燭具豐饌醇醴五人者相與岸幘褫帶環坐蒲引賦詩談道間以譔劇然不知形骸之累利欲之萌爲何物也夜分少就枕以息明日訪歸路步履無苦昔鼯鼠窮伎能上而不能下豈近此乎午間至中院邑大夫來逆其禮益謹申刻出登封西門道頳陽宿金店十六日晨發據鞍縱望太室猶在後雖曲南西則但見少室若夫觀少室之美非緜益路則不能盡諸邑人謂之冠子山正得其狀自是行七十里出頳陽北門訪石堂山紫雲洞即邢和璞著書之所山徑極嶮捫蘿而上者七八里上有大洞蔭數畝水泉出焉久

爲道士所占爨煙熏燎又塗塡其内甚瀆靈真之境已戒邑宰稍營草屋於側徙而出之此間峰勢危絶大抵相向如巧者爲之又峭壁有若四字云神清之洞體法雄妙蓋薛老峰之比諸君疑古苔蘚自成文又意造化者筆焉莫得究其本末問道士及近居之民皆曰向無此異不知也少留數十刻會將雨而去猶冒夜行二十五里宿吕氏店馬上粗若疲厭則有師曾語怪永叔子聰歌俚調幾道吹洞簫往往一笑絶倒豈知道路之短長也十七日宿彭婆鎮遂緣伊流陟香山上上方飲于八節灘上始自峻極中院末

及此凡題名于壁于石于樹間者蓋十有四處大凡出東門極東而南之自長夏門入繞嵩轘一匝四百里可謂窮極勝覽切切未滿志者聖俞不與焉今既還府恐相次便有塵事侵汩故急寫此奉報庶代一昔之談不宣絳頓首

希深惠書言與師魯永叔子聰幾道遊嵩因誦而韻之　梅堯臣

聞君奉宸詔瑞祝款靈岫山水聊得游志願歷可就豈無朋從俱況此一一秀方歡建春陌十刻殘晝漏初經緱氏嶺古栢尚欝茂却過轘轅關巨石相撑鬭

久齋禮神祠法衮被藻繡畢事登山椒常服更短後
從者十數人輕齋不爲陋是時天清陰力氣勇奔颿
雲巖杳虧蔽花草藏澗竇傍林有珍禽鷩聒若避彀
盤石暫憩休泓泉助吞漱上窺玉女窗嶄絶非可構
下玩擣衣碪焜燿金紋透尹子體雄恢攀緣逾習狃
歐陽稱壯齡疲軟屢顛踣競歡相扶持芒屩資戲蹂
八仙存故壇三醉孰云謬鄙哉封祀碑數子昔鐫鏤
偶誌一時事冐虞來者詬絶頂瞰諸峰隘然輕宇宙
遥思謝塵煩欲知羣鳥獸韓公傳石室聞之因已舊
當時興稍衰不暇若尋究東崖晴壑中釋子持經咒

于今二十年飲食同猿狖君子聆法音充爾溢膚腠肯期躡屐過吾儕已先愀（叶韶）遂乘真諦言兹亦甘自谷中頂會幾望涼蟾皓如晝紛紛坐談謔草草具觴豆清露濕巾裳誰人苦羸瘦便即忘形骸胡爲戀纓綬或疑桂宮近斯語豈狂瞀歸來遊少室嶒崒殊引脰石室迢遞過探訪仍邂逅捫蘿上岑邃仙屋何廣袤乳水出其間涓涓自成溜凡骨此熏蒸靈真安可覯霞壁幾千尋四字倂篆籀咸意蒼蘚文誠爲造化授標之神清洞民俗未嘗遘忽覺風雨冥無能久瞻扣怱怱遂宵征勝事皆可復俚歌繼喧譁怪說多駁

糅凌晨關塞陽追賞顏匪厚窮極四百里寧憚疲左右昨朝書報予聞甚醉醇酎所嗟滯遠方心焉倍如疚

又答梅聖俞書　前人

絳白前自嵩嶺回即致書左右本為與足下不得同此勝事諸君所共歎恨自入山至還府凡一登臨一談話一食飲間必廣記而備言之欲使足下覽見本末與夫方駕連轡之不若聞可以助發一笑勤勤在此爾及辱報反謂詑茲行而陋中春之遊疑足下遽答使者視前書之未詳也雖諷閱鄭重然秘不示外

何則非諸君本意恐傳之而惑方欲道此以干聰明而未敢也忽得五百言詩自始及末誦次遊觀之美如指諸掌而又語重韻險亡有一字近浮靡而涉繆異則知足下於雅頌爲深劉賓客有言人之神妙其在於詩以明詩之難能於文筆百倍矣今足下以文示人爲略以詩曉人爲精吾徒將不足遊其藩況敢與奥阼也歟感歎感歎不宣絳頓首謝公諱絳字希深時任尚書祠部郎官以祠部員外郎直集賢院通判河南府

小說多載神清洞事公詩亦有鑠樓臺之句信無疑矣其詳則具謝希深與梅聖俞書中昔公自跋

集古録目序謂希深善評文章尹師魯辨論精博余每有所作伸紙疾讀便得余深意以示他人亦或有所稱皆非余所自得此叙之作惜無謝尹之知音然則公重希深豈減師魯又嘗銘其墓云制誥得西漢體又云以文知名今其集罕傳而二書偶得之英辭類稾附載於此粗見希深之筆力抑公文集既備而使知音者偕傳焉是亦公之志也

編定校正

紹熙二年

郡人　孫謙益字彥撝

紹熙三年

承直郎前桂陽軍軍學教授丁朝佐字懷忠

紹熙四年

郡人鄉貢進士曾三異字無疑

紹熙五年

郡人登仕郎胡柯字伯信

覆校

慶元元年

州縣學職事葛湶字德源

王伯錫字駒甫

朱岑字山父

胡柄字謙甫

慶元二年

郡人迪功郎新臨江軍清江縣主簿曾煥字文卿

郡人鄉貢進士胡渙字季亨

郡人鄉貢進士劉贇字棠仲

郡人羅泌字長源

歐陽文忠公集自汴京江浙閩蜀皆有之前輩嘗
言公作文揭之壁間朝夕改定今觀手寫秋聲賦
凡數本劉原父手帖亦至再三而用字往往不同
故別本尤多後世傳録既廣又或以意輕改殆至
訛謬不可讀廬陵所刊抑又甚焉卷帙叢脞略無
統紀私竊病之久欲訂正而患寡陋未能也會郡
人孫謙益老於儒學刻意斯文承直郎丁朝佐博
覽群書尤長考證於是徧搜舊本傍求先賢文集
與鄉貢進士曾三異等互加編校起紹熙辛亥春
迄慶元丙辰夏成一百五十三卷別爲附録五卷

可繕寫模印惟居士集經公決擇篇目素定而參校衆本有增損其辭至百字者有移易後章爲前章者皆已附注其下如正統論吉州學記瀧岡阡表又迥然不同則收寘外集自餘去取因革粗有據依或不必存而存之各爲之説列於卷末以釋後人之惑第首尾浩博隨得隨刻歲月差互標注抵牾所不能免其視舊本則有間矣既以補鄉邦之闕亦使學者據舊鑒新思公所以增損移易則雖與公生不同時殆將如升堂避席親承指授或因是稍悟爲文之法此區區本意也六月已巳前

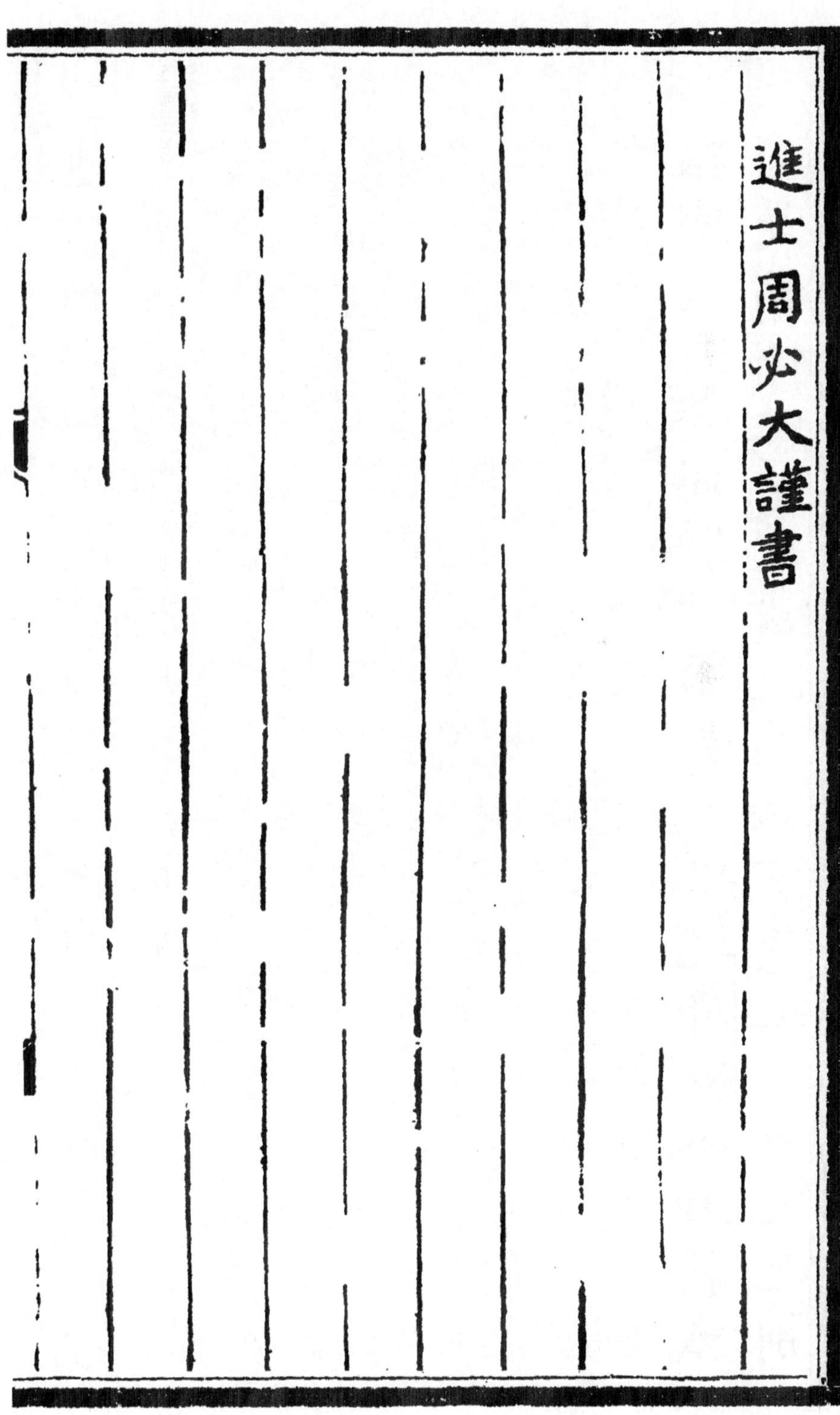

進士周必大謹書

圖書策劃　耿相新
責任編輯　宋庭亮
封面設計　孫憲勇

ISBN 978-7-215-09309-6

定價：2612.00 圓（全十二册）